「好きだよ、リーディア」
「わたくしも、ルイさまが大好きです」

リーディア
ローザ・ラーザ王国の第二王女。魔物への生贄になるため、家族や世間から隔絶されて育てられた。今は、ルイの花嫁として幸せに暮らしている。
ルイ
花嫁を迎えるため、ローザ・ラーザ王国へやって来た「魔物を統べる影の王」。実際には祓い屋の一族。リーディアを溺愛している。

コリンナ
プラネイル大司教領の修道女見習い。大人しく、何に対しても遠慮がちな性格だが……？
ディルク
修道士。真面目で努力家な一方で、一人で物事を抱え込んでしまうことも。ヴァンダとはいわゆる幼なじみ。
ヴァンダ
修道女。働き者で、孤児となった自分を引き取ってくれた大司教には恩を感じている。

「ルイさま……！」
「リーディア、飛び降りろ！　必ず受け止める！」

生贄姫の幸福

～孤独な贄の少女は、
魔物の王の花嫁となる～

2

Happiness of Sacrificial Princess

著
雨咲はな
Hana Amasaki

イラスト
榊 空也
Kuya Sakaki

Happiness of Sacrificial Princess

CONTENTS

プロローグ

自然豊かで美しい景観が広がる、カラの国。

その中でも、ひときわ高くそびえる大きな樹木がある。

「これは、シャラの木」

とルイが教えてくれた。

シャラの木は背が高く、一本一本の幹は細い。しかしそれらが数十本、まるで絡み合うように密接して立っているため、大変な巨木に見える。

肉厚で大きな葉は艶のある深い緑で、淡い黄色の小花が大量に身を寄せ合って咲いている。遠くからだと、その花の群れがぼんやりと霞《かすみ》がかって見え、まるでふんわりとした雲が全体を包み込んでいるような、神秘的な眺めになるのだという。

「シャラは『生命の木』と呼ばれて、復活、再生、若返りの象徴とされている。この花は散ると同時に次の蕾《つぼみ》がつくから、一年中常に満開の状態なんだよ」

ルイの説明に、リーディアは「まあ……」と感嘆しながら、その木を見上げた。

「幹《から》の国、殻《から》の国、空《から》の国」と呼ばれるこの国は、常識の枠内では収まりきらないような不思議なことが多くある。世界の真ん中にして境界、と言われるカラの国に相応《ふさわ》しいシンボルツリーだと

Happiness of Sacrificial Princess

思った。

生命の木シャラの前に、黒の正装をしたルイと、すらりとした白いドレスを身にまとったリーディアが並び立つ。

――今日、二人はこの場所で結婚式を挙げるのだ。

カラの国の結婚式は、外で行われるのが昔からの習わしらしい。よく晴れた日、澄み渡る青空の下で、まるで祝福するような虹色の輝きを浴びながら、永遠の愛情と互いへの献身、幸福になるための努力を誓うのである。

リーディアの頭には長い長いヴェール、その上に、はらはらとシャラの淡黄色の小花が降り注ぐ。

地面に落ちた花は、敷物のように地面に広がり、風が吹くとふわりと舞い上がった。

そうして爽やかな香りとともに空中を漂い、やがて姿を消していく。

周囲にはカラの国の住人たちが集まって、口々に祝いの言葉を出してくれていた。生まれ育ったローザ・ラーザ王国からこの国に来て一月以上が経《た》ち、現在のリーディアは彼らの名前をすべて覚えてしまっている。

「リーディア」

今日から「夫」になるルイが、優しい声で名を呼び、リーディアの左手を軽く掬《すく》い上げるようにして取った。

「これは別にカラの国の習わしというわけじゃないんだけど……」

そう言いながら、彼が薬指にするりと嵌《は》めたのは、銀色の指輪だった。

繊細なリングの中央に、小さな宝玉が埋め込まれてある。ルイの耳飾りと同じ、美しさと静謐《せいひつ》さを備えた黒水晶だ。

「きれい……」

リーディアはそれを見つめて、ため息を漏らした。

指輪をつけてくれたルイが、今度はその左手を開かせて、一回り大きなもう一つの指輪を載せる。

「こっちは俺につけてくれる？」

そう言われ、リーディアは緊張しながら、ルイの左手の薬指にその指輪を嵌めた。

まったく同じ形の指輪だ。彼の左手と自分の左手が重なり、二つの指輪もまた重なる。互いの黒水晶が、まるで共鳴するようにぽわんと青い光を放った。

「リーディアとお揃《そろ》いのものを身につけたくてさ。この指輪はいつも肌身離さずつけていてくれたら嬉《うれ》しい。……いざという時、君の助けになるかもしれないから」

ルイの言葉に、リーディアは頷《うなず》いた。本当はきちんと返事をしたかったのに、喉が塞がって声がなかなか出てこなかったので、その代わりに何度もこくこくと頷いた。

彼に伝わるといいのだけど。リーディアの喜びと感謝の気持ち、そして胸が詰まるほどの、途方もない幸福感が。

「うん」

ルイは目元を緩め、嬉しそうに微笑《ほほえ》んだ。

リーディアも眦《まなじり》に涙を滲《にじ》ませ、笑い返した。

愛《いと》しい人。生贄《いけにえ》として生まれ、生に執着しなかったリーディアに、生きる意味と目的を教えてくれた。そして、愛情と希望と未来を与えてくれた。

本当にこの人と出会えてよかった。

「好きだよ、リーディア」

「わたくしも、ルイさまが大好きです」

わっと湧き上がる観衆の声と、万雷の拍手が鳴り響く中、リーディアとルイは誓いの口づけを交わした。

そっと優しく触れ合うような、けれども願いと祈りをたっぷりと詰め込んで。

――さあ、二人でもっと幸福になるために、精一杯の努力をいたしましょう。

第一章　元生贄と祓い屋

Happiness of Sacrificial Princess

リーディアは、ローザ・ラーザ王国の第二王女として生を受けた。

しかしそれは同時に、「生贄《いけにえ》としての人生」が決まった瞬間でもあった。かの国では、五十年前の誓約により、王女を贄《にえ》として魔物に捧《ささ》げねばならないと定められていたからだ。

リーディアが十七歳になった年、誓約が交わされてから五十年後の同日同時刻、王城地下室内の召喚陣から闇とともに現れたのが、ルイだった。

張りきって我が身を差し出したリーディアを、ルイは食べなかった。その代わり、生まれた時から離れに隔離され、「生贄として死ぬことこそが幸せ」と言われ続けてきたリーディアの手を引いて、明るい外の世界へと連れ出してくれた。

五十年前の誓約についての解釈が、こちらとあちらとでは完全に掛け違っており、ルイはただ自分の花嫁を迎えに来たつもりだったと知ったのは、しばらく後のことだ。いろいろとすったもんだはあったが、とにかく最終的に、リーディアは彼の故郷である「カラの国」への嫁入りを果たすことができた。

ローザ・ラーザ王国を出立する際にルイが負った傷もようやく完治して、めでたく結婚式を済ませ、二人が正式な夫婦となってから、およそ三月。

リーディアはこの国で、毎日を忙しく、そして楽しく暮らしている。

＊＊＊

カラの国は不思議な場所だ。

そして、とても綺麗《きれい》なところでもある。

緑に溢《あふ》れ、空気は清浄で、川の水は底がくっきりと見えるくらい透明に澄んでいる。資源が豊富な上に、寒暖差もあまりない。青い空はあちこちできらきらとした光彩を放っており、まるで小さな虹の欠片《かけら》がちりばめられているかのようだった。

この国は長く連なる山脈に取り囲まれているが、その山の向こうに何があるのか、もしくは何もないのかは、誰も知らないらしい。はるか向こうに見える山を越えた者は一人もおらず、そもそもそこに辿《たど》り着いた者さえいない。歩けど歩けど、決して近づくことができないためだという。

ここで暮らすのは、「祓《はら》い屋」の一族と、その妻子のみ。

霊関係の困りごとを請け負い、解決まで導くのを役目とした者——それが祓い屋だ。

彼らは、依頼が舞い込んだら、「次元の道」を通って異界へと赴く。そして時には身体《からだ》を張り、また時には「術」と呼ばれる特殊な能力で、霊を祓う。

その能力と血を保持し、次代に繋《つな》げるためには、伴侶を得ることが必要不可欠なのだが、この国で生まれるのは男ばかり。それでほとんどの祓い屋たちは、仕事の傍ら、異界を巡り、自分の妻となってくれる女性を探さねばならない。

それぞれ異なる世界からやって来た彼らの伴侶は、生まれも育ちも外観もバラバラだ。その彼女らから生まれる子たちもまた、目や髪の色が個性豊かだったり、耳の形が特徴的だったり、喉元に鱗《うろこ》があったり、ルイのように尻尾が生えていたりする。

それでも祓い屋たちは一途《いちず》に自分の妻と子を愛し、慈しむのである。

もちろん、それについてはルイも例外ではない。

四か月前に重傷を負って、今は療養のため仕事を休んでいる彼は、その間ずっとリーディアの傍《そば》から離れず、まだこちらの生活に慣れない新妻のサポート役に徹してくれていた。

その尽くしっぷりは、

「……いくらなんでもあいつ、ちょっと鬱陶しすぎない？」

「私だったらとっくにキレてるけどねえ。あの重苦しい男の愛を一身に受けて、純粋に喜ぶリーディアちゃんは心が広いわあ」

と、ルイの父母であるレンとメイベルがこそこそ話すくらい愛情深いものだ。

だからリーディアは彼への感謝とともに、毎日様々なことに取り組んで、一歩ずつでも前へと進むよう努力している。

カラの国の人々も、皆、リーディアに対して親切だった。判《わか》らないことはなんでも丁寧に教えてくれるし、困ったことはないかとたびたび声をかけてくれる。

ほとんど世間を知らないリーディアにあれこれ見せてやろうという理由からか、異界から持ち込んだ珍しいものを、「お裾分け」と称して届けてくれることもよくあった。

「ルイさま、キコの実というものをたくさん頂いたのですが……」

「あっ、待って待って、その皮についたトゲトゲは、下手に触ると怪我《けが》をするから。これは剝《む》くのにコツがあるんだよ」

まだ二十一歳という年齢なのに、すでに祓い屋としての経験と実績を重ねているルイは、異界の食べ物についての知識も豊富にある。

片手にすっぽりと収まるくらいの大きさのキコの実を、彼はナイフを使って器用にくるりと剝いてみせた。どす黒い皮の全面がびっしりとトゲに覆われて、なんとなく不気味な見た目なのに、その中にはびっくりするほど真っ白な、つるんとした瑞々《みずみず》しい果実が入っている。

皮を剝いたばかりの実を半分に切り、ルイがリーディアの口元に持っていった。

「はい、リーディア、あーんして」

そう言われて開けた口に放り込まれた実は、最初はちょっと酸っぱくて、後から甘みが追いかけてくるような味だった。非常に柔らかく、爽やかな芳香と、たっぷりの果汁が口いっぱいに広がって、あっという間に溶けて消えていく。

「……美味《おい》しい」

口に手を当てて目を瞠《みは》る。ルイはまだ一口も食べていないのに、自分も満足したような笑顔になった。

「そっか、リーディアはこういうのが好みなんだね」

「はい、そのようです」

ローザ・ラーザにいた時、リーディアにとって「食べる」というのは、ただ生存するために必要な行為でしかなかった。味について何かを思ったこともなければ、自分の好き嫌いについて考えたこともない。

ルイはそんなリーディアのために、普段の生活の中から、目敏《めざと》く「好きなもの」「苦手なもの」を見つけ出しては拾い上げ、教えてくれるのだ。

そうやって少しずつ、リーディアという人間をしっかりと形づくり、内面を色づかせていくように。

キコの実の皮を剥くルイの手つきがあまりに鮮やかだったので、リーディアはそわそわした。この美味しいものを、自分の手で彼にも食べさせてあげたい。

「あの、わたくしも皮を剥いてみたいのですが、よろしいですか?」

「もちろん。ナイフで手を切らないように気をつけてね。このままだとちょっと難しいから、まず半分に切って……そうそう」

苦心しながら時間をかけて、なんとか皮は剥けた。しかし肝心の果実は表面がでこぼこになって、ルイがやったように美しくはならなかった。果汁も大量にこぼしてしまったから、これではきっと、味のほうも落ちているだろう。

せっかくのキコの実を台無しにしてしまい、リーディアはしょんぼりした。

「うん、できたね。じゃあそれ、俺に食べさせて」

「でも、こんな不出来なものをルイさまに食べさせるわけには……」

「リーディアが一生懸命その可愛《かわい》い手で剝いた実を俺以外のやつが食べたりしたら、俺その場で憤死しちゃうよ」

よく判らないことを言って、ルイは口を開けたまま大人しく待っている。少し躊躇《ちゅうちょ》してからその中に実を入れると、もぐもぐ咀嚼《そしゃく》しながら「本当だ、旨《うま》い」とにっこりした。

「はあー、これぞ新婚の醍醐味《だいごみ》……幸せ」

しみじみしながら呟《つぶや》いている。

「汁で指がベタベタになってしまったので、洗ってまいりますね」

「俺が舐《な》めてあげようか」

「まあ、指もお食べになるのですか？」

「食べないよ！」

以前も交わしたようなやり取りに、二人で笑い合った。

死ぬために生き、いつも人形のような微笑《ほほえ》みを顔に貼りつけ、離れの建物の中で変化のない日々を淡々と送っていた、孤独な「生贄姫」はもういない。


そんなある日の昼下がりのこと。

「おーい、リーディア！」

屋敷の外から賑《にぎ》やかな声で名を呼ばれ、リーディアが二階の窓から顔を出すと、数人の子どもたちが門の前に立っていた。

彼らは皆、リーディアの遊び仲間だ。

カラの国では新しく嫁入りしてきた女性は誰もが歓迎されるが、大人ばかりではなく、子どもたちも気安く受け入れてくれる。

リーディアは、ルイと会うまで離れで一人、世話係や警備兵の名も知らず、血の繋がりがあるはずの国王一家とも顔を合わさず育った。誰かと遊んだ経験など一度もないし、自分より年下の人間と関わったこともない。

はじめのうちは戸惑ったが、リーディアと子どもたちは、あっという間に仲良くなった。カラの国の住人たちは基本「自分のことは自分で」を信条としているので、子どもといっても全員が実年齢よりもしっかりしている。彼らにしてみれば、何かと頼りないリーディアは、「目を離せない小さな女の子」くらいの扱いなのかもしれない。

しょっちゅう屋敷まで呼びに来て、外へと引っ張っていく子どもたちに、ルイは「リーディアは体力がないんだから、あまり疲れさせるな」と渋い顔をするが、リーディアにとってはこれも日々の楽しみのうちの一つだった。

「リーディア、『行商人』が来てるんだ！　一緒に見に行こう！」

子どもたちの中で、いちばん年長のフキという男の子が興奮したように叫んでいる。

「まあ」

リーディアはその言葉に目を丸くした。

「行商人」とは、店というものがないこのカラの国に、時折やって来る物売りだと聞いている。なんだかいろいろと謎めいた存在であるらしいのだが、リーディアはまだ一度も会ったことがなかった。

急いで階下に行き、父親と話し込んでいるルイのもとへと向かう。二人は少し難しい顔をしていて、声をかけるのを躊躇してしまったが、こちらに気づいたルイが、「ん？　リーディア、どうした？」と訊《たず》ねてくれた。

「あのルイさま、今、フキさんが『行商人が来ている』と教えてくださって……」

リーディアが遠慮がちに言うと、ルイは一つ目を瞬いて、「ああ」と声を出した。

「行商人ね。そうか……うーん」

ちょっと困ったように頭に手をやり、癖のある黒髪をくしゃっと掻《か》き回す。

「一緒に行ってあげたいけど、今ちょっと問題が起きていてさ。俺もこれから親父《おやじ》と出かけなきゃならないんだよ」

「問題、ですか」

眉を下げたリーディアに、ルイは笑って手を振った。

「いや、大したことじゃない。俺らの仕事に関することだから、リーディアが心配するようなことじゃないよ」

「そうですか……」

仕事に関わることと言われたら、祓い屋についても霊についてもまだまだ理解の足りないリーディアは、確かになんの役にも立てない。むしろ、邪魔になるだけだろう。

仕事に限ったことではなく、リーディアにできることはまだ少ない。もっと家事やいろいろなことに慣れたら、両親のいるこの屋敷を出て、二人だけの新居に移ろうとルイは言っているのだが、それは当分先のことになりそうだ。

「そんなわけで俺は同行できないんだけど、いいかな？」

申し訳なさそうにルイに言われて、リーディアは笑顔で頷《うなず》いた。

「もちろんです。では、フキさんたちと出かけてもよろしいですか？」

「ごめんね。買い物を楽しんできて。なんでも好きなものを選んでいいから」

ルイは謝りながらリーディアとともに屋敷の外に出て、子どもたちに声をかけた。

「おまえたち、俺はちょっと用事があって一緒に行けないから、リーディアを頼むな」

「はじめからルイは呼んでないんだよ」

満面の笑みでリーディアの周りに駆け寄ってきた子どもたちは、ルイには冷淡だった。

「リーディアは行商人のことを知らないから教えてやってくれ」

「そのつもりで来たに決まってるだろ」

「大体、ルイが毎回べったりくっついてくる必要はぜんぜんないんだからな」

「リーディアは子どもじゃないんだからさ」

その言葉に、リーディアの胸がちょっと疼《うず》いた。ルイは「子どものおまえらが何を偉そうに」と憮然《ぶぜん》としている。

「じゃあリーディア、行こう！」

ぐいっと手を引っ張られ、慌てて「あ、はい」と返事をする。

「こら、リーディアは繊細なんだから、もっと丁寧に扱ってくれない？　ていうか、俺のリーディアに気軽に触るのやめてくれない？」

「もう、うるさいな！」

「くれぐれもリーディアを引っ張ったまま走るなよ。危ないこともさせるな。次元の穴が開いていたら、絶対に近寄らず、すぐ大人に知らせるんだぞ。それから――」

「だーっ、鬱陶しい！　そんなこと、俺たちみんな、判ってるっつーの！　ルイは過保護すぎるんだよ！」

子どもたちがぷんぷんしながら言い返して、リーディアの手を引いて歩き出す。

リーディアは自分も足を動かしながら振り返り、屋敷の門のところで心配そうな顔をして立っているルイに手を振った。

少しだけ、もやっとしたものを心に残したまま。

――リーディアは子どもじゃないんだから。

そう、リーディアは子どもではない。もう生贄でもない。結婚式も挙げて、今はルイの「妻」であるはずだ。

でも、過保護と言われるくらい、あれもこれもルイに面倒を見てもらっている今の自分は、本当に胸を張ってそう名乗ることができるだろうか……？


以前ルイから聞いたとおり、「行商人」は、頭から足先まですっぽりとフード付きマントに身を包んだ人物だった。

地面に大きく広げた布の上に、いろいろな品物をずらりと並べて、腰を下ろし、長いキセルをふかしている。

ということは少なくともキセルをくわえる口があるということだが、深いフードに隠されていて、その顔はまったく見えなかった。キセルを持つ手はマントと同じ灰色の手袋に覆われ、非常に徹底している。

「……皆さんは、あのフードの中をご覧になったことがあるのですか？」

こっそりと声を抑えて訊ねてみたら、子どもたちは揃《そろ》って首を横に振った。

「一度ちらっと覗《のぞ》き込んだことがあるけど、真っ暗で見えなかった」

「手袋の上から摑《つか》んでみたら手ごたえがあったから、たぶん実体はあるんだと思う」

「なんで自分を隠すの？って聞いたら、『隠していない、この姿が自分』って答えられた」

情報は得られたが、謎はさらに深まった。

「行商人は行商人で、それ以上でも以下でもないんだってさ」

要するに、余計なことは詮索するな、ということらしい。

実際、広げられた品物をわいわい言いながら楽しげに物色しはじめた子どもたちは、行商人に対してはほとんど無関心だ。きっとそれが彼らの暗黙のルールなのだろうと思い、リーディアも気にしないことにした。

膝を折り、置いてあるものを覗いてみる。何に使うのかよく判らないものもあったが、ざっと見たところ、装飾品や玩具、雑貨などが多いようだった。なるほど、集まっているのが女性と子どもたちばかりなのも頷ける。

「おや」

持っていたキセルを口（と思われる場所）から外して、行商人の目がこちらを向いた（と推測される）。

「あんたが、ルイの嫁さんかい？」

声や口調で相手の年齢を推し量れるほどリーディアは人生経験を積んでいないのでよく判らないのだが、行商人の声は低くて張りがあった。

「はい、リーディアと申します。はじめまして」

名乗って挨拶をすると、フードが小さく揺れた。うんうんと頷いているらしい。

「噂《うわさ》は聞いてるよ。新しく来た花嫁は、ずいぶん変わった経歴の持ち主だってね」

「いえ、ただの元生贄です」

リーディアの返答に、またフードが揺れた。今度は笑っているらしい。

「あのルイがぞっこん惚《ほ》れ込んでいると聞いて、どんな娘さんかと思ったが、それも納得だ。あんたのような嫁なら、毎日が楽しいだろう」

「わたくしのほうこそ、毎日楽しく過ごさせていただいています」

「そうかい？」

ふと真面目な調子で問い返されて、リーディアは「え」と目を瞬いた。

「あんたのその顔」

と、キセルの先がこちらに向けられる。

「なんとなく屈託を抱えているような気がしたもんでね。幸せそうだけども、ちょっと不安なこともある……そうじゃないかい？」

フードの下に目があるのかどうかも定かではないのに、行商人は観察眼の鋭い人物であるようだった。

「あの……」

どう答えようか迷ってしまったリーディアに、「まあ、いいさ」と軽く言って、またキセルをくわえる。

「そもそもこのカラの国ってのが、普通とはかなり違う場所だからね。余所《よそ》から来た人が不安になるのは当然だ」

リーディアは少し微笑むだけにした。

カラの国は確かにたくさんの不思議があるが、それについて不安を覚えたことはない。しかし自分の中にある、少しモヤモヤしたものを上手《うま》く外に出せる自信がなかったし、なにより行商人のその言葉には、「そういうことにしておこう」という気遣いが感じ取れた。

「それでリーディア、何か欲しいものはあるかい？」

「そうですね……」

行商人の問いに、リーディアは首を傾《かし》げた。

これはなんだろう、と興味を引かれるものはいくつかあるが、欲しいものとなると難しい。ルイは「好きなものを」と言ってくれたが、たくさんある中から自分の「好き」を見つけ出すことには、リーディアはまだ慣れていなかった。

しかし、何も選ばずに帰ったら、それはそれでルイに「やっぱり一緒に行けばよかった」と思われてしまいそうだ。

視線を彷徨《さまよ》わせていたら、ふと、小さな球形の石が目を引いた。

「これは――」

「おや、お目が高い。それは『幸運の石』だよ」

「幸運の石？」

キコの実よりも小さめのその石は、向こう側が見えるくらい透明なのに、中央部分だけがほんのりと赤かった。

まるで、石の中で小さな炎が燃えているかのようだ。

「石の持ち主に幸運を分け与え、願いを叶《かな》える手助けをする、という代物さ。その石の中の赤色は、精霊の血だそうだよ」

「精霊ですか」

「信じるか信じないかは、その人次第だがね」

行商人の声は笑い含みだった。それでリーディアも少し楽しくなって、「これを頂きます」と石をきゅっと握った。

自分は今十分に幸せなので、これ以上の幸運は望まない。けれど大事な人たちには、多くの幸運が訪れるといいと願っている。

「あ、でも、わたくし、お金を持ってきていなくて」

ローザ・ラーザ王国にいた時、外に出たことのなかったリーディアは、自分で何かを購入したことが一度もない。だからうっかりしていたが、何かを買う時には、代金というものが必要だという知識はある。

ごめんなさい、と謝り、慌てて石を返そうとしたリーディアを、行商人は押し留《とど》めた。

「ああ、代金は要らないよ。そもそもこのカラの国では、誰も金銭のやり取りをしない。ここにはいろいろ珍しいものがあるから、それをまとめて引き取ることで相殺しているんだ。どれでも自由に持っておいき」

よく見たら、子どもたちもそれぞれ好きなものを手にしてはしゃいでいる。

そういえば、カラの国で誰かが金貨や銀貨を使っているのを目にしたことがなかった。貨幣価値や数の単位などが違うあちこちの異界を巡る彼らには、意味のないものだからだろうか。

「しかし……そうだなあ」

行商人はフードを傾け、考えるように顎（と思われる場所）に手をやった。

「リーディア、よければ引き換えに、あんたの髪を少しもらえないかい？」

指で差されて、リーディアはきょとんとした。

「髪、ですか？」

「少しでいいんだよ。一束、いや、指でつまむくらいの量でいいから」

自分の長い銀髪を一房摑んで目の前に持っていき、まじまじと見やる。なぜこんなものを求められているのかは判らないが、自分自身の何かで支払いができるのなら、それがいちばん良いのではないかと思えた。

髪なんて、切ってもまた伸びるものだし。

「はい、わたくしは構わな……」

「ダメダメっ、絶対ダメだよ、リーディア！」

承諾しようとしたリーディアの言葉に被《かぶ》せるように、傍にいた子どもたちが一斉にぎょっとしたような大声を上げた。

「やめろよオッサン、なんつー気色悪い取引を持ちかけてるんだよ！」

「そういうの変態って呼ぶんだろ！」

「ルイに知られたらぶん殴られて永久に出入り禁止にされるぞ！」

どうやら自分の髪を渡すというのは、世間的によくない行為であるらしい。子どもたちがこんなにも躍起になって止めるとは、よほどのことなのだろう。この調子だと、ルイがここにいても眉を吊《つ》り上げて反対されそうだ。

リーディアはしおしおと反省し、「すみません、やはり無理です」と謝った。

「そうか、うーん、すごく力がありそうで、いい材料になりそうだと思ったんだがなあ。まあルイにぎゃあぎゃあ騒がれても面倒だから、諦めるか……」

行商人はぶつぶつ呟いてキセルをくわえ、残念そうにぷはあっと煙を吐いた。


新しく手に入れたものを持って、子どもたちが大喜びで駆け回っている。リーディアはその様子を微笑ましく眺めながら、ゆっくりと彼らの後をついていった。

カラの国は野原のように開けた場所が多いが、あちこちに木立や小さな森や可愛らしい花畑もあって変化に富んでいるので、どこを向いても視覚的に楽しめる。おおむね平坦《へいたん》な大地にも多少は段差があり、かくれんぼに最適なちょっとした洞穴などもあったりして、子どもの遊び場にも不自由しなかった。

しかし、もう少ししたら声をかけ、帰りを促したほうがいいだろう。そろそろ夕食の準備に取りかかる頃合いだから、手伝いをしなければ。

リーディアは掌《てのひら》を開いた。

その中にある石を見て、ルイがどんな感想を言うのかなと想像し、ちょっとドキドキする。お金を払ったわけではないものの、リーディアが一人で買い物をしたのははじめてだ。

そういえば、彼が言っていた「問題」のほうはどうなったのだろう、とふと思った。もう解決したのならいいけれど、ルイとレンも出かけると言っていたし、ひょっとしたら二人ともまだ家に帰っていないかも……

「あれっ？」

そんなことを考えていたら、フキの素っ頓狂な声が耳に入った。

「どうしました？」

「あれ——あそこにいるの、長《おさ》たちじゃない？」

彼が指で示す方角に、リーディアも顔を向けてみた。

そちらには、数本の木々が一列に立ち並んでいる。目を凝らせば、その向こうに確かに人影があるのが見えた。幹の間からちらちらと覗く大柄な身体は、フキの言うとおり、ルイの父でこの国の長、レンであるようだ。

その場には他に数人の男性が集まっていた。頭を寄せ合い何かを話し合っているのか、全員こちらに背中を向けていて、誰がいるのかは判別できない——いや。

あの癖のある黒髪と背格好、そして揺れている尻尾。あれは間違いなくルイだ。

「何かあったのかな、ちょっと行ってみよう」

好奇心というよりは心配そうな表情になって、子どもたちがそちらへ足を向ける。小さくとも彼らもまた祓い屋の一族なので、何かの予兆や異変には敏感なのだ。

そしてこの国の大人たちは、危険なことは厳しく言い含めるが、「子どもだから」という理由で無闇に遠ざけたり突《つ》っ撥《ぱ》ねたりすることはない。

「おう、おまえら、来たのか」

子どもたちの姿を見ると、レンが少し目を見開いた。

「やあリーディア、何か面白いものは見つかったかい？」

ルイもこちらに笑いかけて、おいで、と言うように手を差し伸べてきた。素直にその手を取り、リーディアは彼のすぐ隣に行く。

そして、彼らが取り囲んでいたものを見て、「まあ」と驚いた。

「これは……召喚陣？」

地面には、複雑な図形と文字の描かれた円形の陣が、ぼんやりと淡い光を放ちながら浮かび上がっていた。

かつてローザ・ラーザ王国の地下室に存在していたものと非常によく似ている。

この国と異界とを繋ぐ、次元通路の出入り口だ。

「ひょっとして、またあちらの国が……？」

リーディアが十七年閉じ込められていた離れのあったローザ・ラーザの王城は、現在死霊の巣窟となって機能を停止し、生きた人間は誰も住めない場所になってしまったと聞いた。

ルイはもう二度とあの国からの依頼は受けないからという理由で、「出入り口を閉じた」と言っていたが、あの国がまた新たに召喚陣を作製して、あちらにとっての上位魔物――祓い屋を召喚しようとしているのだろうか。

「ああ、いや、違う違う。安心して」

身を固くしたリーディアを宥《なだ》めるように、握っている手を上からぽんぽんと軽く撫《な》でるように叩《たた》く。

「これはまったく別の召喚陣」

「別、ですか？」

「うん、形が違うだろ？」

言われてみれば、この陣はあちらの国にあったものと違って、円の外周に槍《やり》の穂先のような形のものが飛び出ていた。

そこだけ見るなら太陽や花を簡略化した模様にも見えるが、その先端が鋭く尖《とが》っているためか、妙に攻撃的な雰囲気も備えている。

これと同じようなものを最近見た気がする……と考えて、キコの実の断面に似ているのだと思い至った。

「それに、形だけでなく性質も違う。五十年前、ローザ・ラーザの王が使用したのは、大昔、俺たちの先祖が渡した見本を元に、あちらが作った陣だ。あれには、こちらを呼び出そうという明確な意志があった。いわば正式な依頼状みたいなもんかな。……でも、これはそういうのとは違う。うーん、簡単に言うと、救援信号、みたいな感じ？」

「救援信号？」

「霊関係でものすごく困っているどこかの誰かが、切実に救いの手を求めている。その願いがこうして陣の形をとって、祓い屋一族のもとに届いた、ということ。これもまた俺たちの仕事の一つだから、通常はこちらから出向いて、先方に依頼をする意志があるのかを確認し、交渉が成立したら解決に向けて速やかに行動する……わけなんだけど」

正直、リーディアにはルイの説明のすべてが理解できたわけではないのだが、その歯切れの悪さから、今回のことがその「通常」からは外れているらしい、ということは推測できた。

「この陣のどこかに問題が？」

「どこかというか……全体的に変な感じがするんだよなあ」

しかめっ面になったルイが、レンのほうに視線を移す。

普段は陽気で優しいリーディアの義父は、今は「長」としての真面目な表情で腕を組み、口を曲げながら頷いた。

「変というか、どうもイヤな感じがする。なんつーか、この陣の形といい、気配といい、いろんなものが奇妙に縺《もつ》れて、絡まっているような気がするんだ。経験上、こういうのは、依頼を受けるにしろ断るにしろ、ロクなことにならない」

ルイと他の祓い屋たち、そして子どもたちも、神妙な顔つきでその言葉に耳を傾けている。いつもはあまり上下関係を感じさせない彼らだが、敬意を払うところ、尊重するべきところは決して見誤ったりはしない。

「しかしこのまま放置しておくわけにもいかないでしょう、長」

「だよなあ。なんかまったく消えそうにないし、あちらへ引っ張っていこうとする力だけは強いからな。それだけ切羽詰まってる誰かがいるってことだろう。それを見捨てるのは祓い屋一族の名折れってもんだ。で——誰が行くかってことだが」

ここでレンはちらっとリーディアを見て、申し訳なさそうな顔になった。

「悪いなあ、リーディアちゃん」

謝ってから、ルイのほうへと向き直る。

「新婚だし、あまり厄介な案件に放り込みたくはなかったんだが……やっぱり総合的に考えると、おまえしか適任がいなそうだ」

「まあ、そうだね」

レンの言葉をあっさりと受けて、ルイは頷いた。

「どうせそろそろ仕事を再開するつもりだったんだ。今まで皆に迷惑かけたことだし、この件は俺が引き受けるよ。とにかくあちらに行って、話を聞いてみる。依頼を受けるかどうかの判断は任せてもらっても？」

「ああ、おまえに一任する。準備は？」

「特にない。このまま行く」

短いやり取りをした後で、ルイはくるっとリーディアのほうを向いた。

「ごめん、リーディア。そういうわけなんで、慌ただしいけど、今から出発する。ちょうど君に『いってきます』が言えてよかった。……なるべく早く帰ってくるから。何か困ったことがあったら、親父でも母さんでもじいさまでもいいから、とにかく誰かに相談して」

あっという間にするすると話が進んでしまい、目の廻《まわ》るような気分でいたリーディアは、頬にルイの唇が触れて、ようやく我に返った。

出発――今から？

イヤな感じがするという陣の向こう、レンが「祓い屋としての実力は飛び抜けている」と評価するルイにしか任せられない、「厄介な案件」のある場所へ？

「ルイさま……」

おろおろしたものが出そうになる表情を、リーディアは必死で引き締めた。ここで自分が不安そうな顔をしたり、泣き言を言ったりしてはだめだ。

これから難しい仕事へと向かっていくルイが、こちらを心配するようなことがあってはいけない。後ろを振り返ることなく、前だけを見据えていてほしい。

およそ妻らしいことが何もできていないリーディアだけれど、せめてこれだけは。

「――いってらっしゃいませ」

頑張って浮かべた笑みは、もしかしたら少しだけ強張《こわば》っていたかもしれないが、ルイは嬉《うれ》しそうに「うん」と頷いて、笑ってくれた。

「じゃあ、行ってくる」

片手を上げ、ちょっとそこまで、という軽い雰囲気で陣の上に乗る。

召喚陣の輝きが一段階強くなった。ハラハラしながらそれを見守っていたリーディアは、その時になって重要なことを思い出した。

そうだ、こんな時こそ、「幸運の石」を渡すべきではないか。

石をぎゅっと両手で握ってから、ルイに向かって差し出す。

「ルイさま、どうぞこれをお持ちになって――」

ください、と続けようとした声を途中で呑《の》み込んだ。

リーディアがルイに近づくために一歩前へと足を進めた瞬間、突然、パアッと召喚陣の輝きが激しくなったからだ。

「うわ――なんだ!?」

ルイが驚愕《きょうがく》して足元に目をやる。

陣は眩《まばゆ》いほどの煌《きら》めきを放っていた。放射状の光の線が、下から彼の顔を照らしている。

一気に、場は動揺と混乱に占められた。

「いかん、暴走してる！　みんな、離れろ！　子どもたちを陣から遠ざけるんだ！　リーディアちゃん、下がって！」

「だ、だめです……！」

レンに大声で言われたが、リーディアは焦って首を横に振った。

召喚陣に触れてもいないのに、リーディアの足はその場から動かすことができなかった。いやそれどころか、急に吹きはじめた強い風が、じりじりと吸い込むようにリーディアの身体を陣の方向へ引っ張ろうとしている。

「くそっ、どうなってんだ!?」

苛立《いらだ》たしげに怒鳴るルイの足先は、すでにずぶずぶと地面の中へと沈み込んでいた。そこだけ底なし沼になったかのように、どれだけもがいても抜け出せない。

「まだ発動させてもいないのに！」

勝手に暴走をはじめた召喚陣は、ルイを呑み込むだけでなく、リーディアまで強制的に道連れにしようとしていた。懸命に抗《あらが》っているのに、どんどん引きずられていく。

履いている靴の先端が、陣の周りのトゲ部分に掠《かす》っただけで、さらに光が強烈になった。

まるで、「獲物を捕まえた」と喜ぶ獣のように。

「止まれ、リーディア！　巻き込まれる！」

焦燥を露《あら》わにして、ルイが叫ぶ。

険しい顔のレンがこちらに手を伸ばしてきたが、リーディアを招き寄せようとする強い力は、それ以外の者たちには真逆に作用した。リーディアと彼らとの間を境にして、風が反対方向に吹きつける。

どうやってもルイとリーディアに近づけず、レンと他の祓い屋たちが歯噛《はが》みした。

「押し返される……なんだこの陣、人を選んでやがる……！」

「だめだ、長！　俺たちにはどうにも……」

強風に煽《あお》られながら茫然《ぼうぜん》とするレンと祓い屋たちを見て、ルイは覚悟を決めたようだった。

一度腹を括《くく》れば、彼の判断は早い。

「判った！　リーディア、来て！　忌々しいけど、こうなったらコイツの思惑に乗ってやろう！　大丈夫、何があっても君は俺が守るから！」

ルイの手がこちらに向けて差し出される。

「……はい！」

リーディアはそれに返事をして、その場に踏みとどまる努力をやめた。途端に、靴裏が地面を離れ、そのまま陣の中心へ勢いよく引っ張られる。その身体を、ルイがしっかりと受け止めた。

彼の両腕が背中に廻され、力強く抱きしめられる。

光の奔流が二人を包み込んだ。眩《まぶ》しすぎて目を開けていられない。

足のほうからゆっくりと落下していくような、胃が持ち上がる感じがして、リーディアはぎゅっとルイにしがみついた。

「リーディア！」

「ルイ、頼んだぞ！」

泣き出しそうな子どもたちの声と、レンの叱咤《しった》する声を最後に、カラの国の景色が消えた。

閑話　ディルクの祈り

Happiness of Sacrificial Princess

修道士のディルクは一人、苦悩していた。

夜更けのこの時間、「鏡の間」には他に誰もおらず、しんと静まり返っている。

日中は光を反射させる艶やかな美しい床も、真っ白に磨き抜かれた柱も、素晴らしく精緻な絵が描かれた天井も、すべてがひっそりと眠りに就いているようだった。

ディルクの前にある祭壇には、大鏡が祀《まつ》られている。

鏡は曇り一つなく、澄みきった湖面のように輝いて、隅々まで余すところなく闇を映し込んでいた。

その中に見える自分の姿は、なんとも情けないものだった。跪《ひざまず》いて両手を組み合わせ、ただ眉を下げて祈りを捧《ささ》げることしかできない。

「聖女クラーラよ……」

整った容貌を苦しげに歪《ゆが》め、ディルクは呟《つぶや》いた。

自分の腰の剣は、一体なんのためにあるのだろう。自分はなんのために必死になって肉体を鍛え上げ、つらい訓練にも耐えてきたのだろう。

神のため、この領の発展のため、そして大事な人を守るためではなかったか。

身体《からだ》ばかり大きくなっても、これでは両親を失って途方に暮れていた子どもの頃のままだ。

迷い、惑い、悩み、いつまでも答えを出せず、この手でなすべきことも見つからず、ただ助けを求めるだけ。

しかし本当に、もうどうしたらいいのか判《わか》らない。

「もしもこの声を聞き届けてくださったのなら、どうか救いの手を差し伸べたまえ。進むべき道を示したまえ。愚かな私に、お知恵と導きを授けたまえ。どうか――」

がらんとした大広間に、ディルクの哀切な祈りの声が響き渡る。

助けてくれ。救ってくれ。手を差し伸べてくれ。

どうか、どうか、聖女よ。

その存在を求める言葉に反応したかのように、大鏡が一瞬、きらりとした妖しい光を放った。

第二章　聖女と堕天使

Happiness of Sacrificial Princess

リーディアが目を開けると、そこは空中だった。

足の下には床も地面もない。眼下には、目を真ん丸にしてこちらを見上げる多くの人々の頭が、ずいぶん小さく見えた。

ここがどこかの建物の中だというのは判《わか》ったが、判ったことはそれだけだ。

すぐ前にあるのは美しく色彩豊かな絵画が描かれた天井、そして自分たちが通ってきた輝く召喚陣。

どういう悪意によるものか、カラの国で地面に出現した陣は、出口となるべき「こちら側」の陣を、下ではなく上方に設定したらしい。ほとんど無理やりあちらの陣から通路の中へと引っ張り込んでおいて、まるでポイッと放り捨てるように、ルイとリーディアの二人を高い場所から吐き出したのだ。

眩《まぶ》しい光に覆われ、そして闇に包まれたと思ったら、今度はいきなり何もない宙である。

ふわっと身体《からだ》が浮いたのは、ほんの一瞬のことだった。

――落ちる。

「きゃ……」

軽いパニックに襲われて短い悲鳴を上げたら、自分の身体に廻《まわ》された二本の腕に力がこもった。

「大丈夫、俺につかまって」

耳元で囁《ささや》かれ、「よっ」というかけ声とともに、膝の下にルイの片腕が差し込まれる。そのまま空中で、彼はリーディアの身体を抱き上げた。

ひゅうっと風を切る音がして、銀の髪が舞い上がる。

リーディアがなんとか両手をルイの首に廻したところで、次の瞬間、ずしんという衝撃が来た。大きく弾むように揺れて、彼の身体が低く沈む。

落下感がなくなって、動きが停止した。あたりにはしんとした静寂が満ち、もう風が鳴る音もしない。

おそるおそる目を開けると、すぐ下に床が見えた。

どうやら着地したらしい——と小さく息をついてルイを見たら、リーディアを抱いた彼は、膝を曲げた体勢で固まり、顔を伏せて低い唸《うな》り声《ごえ》を上げていた。

「ル、ルイさま!?」

「いっ……たくない……大丈夫大丈夫……」

ブルブルと小さく震えながら顔を上げたが、明らかに痩せ我慢だと判る強張《こわば》った笑みを口元に貼りつけている。

リーディアは急いで彼の腕から下りて、背中に手を添えた。

「い、痛むのですね？」

「いやっ……ぜんぜん平気……もうまったく……ちょっと全身が痺《しび》れてるけど……骨は折れてない……たぶん」

まったく平気そうではない顔色の悪さだ。

見上げたら、天井は普通よりもかなり高い位置にあった。その近くに浮かんだ召喚陣が、役目は終わったとばかりに、すうっと薄らいで消えていく。

あんな場所から、自分を抱いたまま落ちたのかと思うとゾッとした。

しばらく痛みと痺れに耐えた後、ルイはリーディアの手を借りて、ようやくまっすぐに立つことができた。顔をしかめながら足踏みをしたり、身体のあちこちをパンパンと叩《たた》いたりして状態を確認し、大きな息を吐き出す。

「足よし、腕よし、内臓も……うん、問題ない。リーディアは大丈夫？」

「わたくしはどこも」

「ならよかった。――さて」

眉を垂らしたままのリーディアを安心させるように微笑《ほほえ》みかけてから、真面目な表情になり、前方に顔を向ける。

そこには十数人の人々が、それぞれ呆気《あっけ》にとられた顔をして立ち尽くしていた。男女が入り交じっているが、その全員が同じような服装をしている。

どちらも黒を基調にした簡素な衣装。男性は膝下くらいまでの長さのゆったりとした筒形の上衣とズボン、ワンピースのようなものを着た女性は皆、頭に頭巾を被《かぶ》っている。

「あー、どうやらここは、教会か神殿……いや、聖堂かな？」

ルイがぼそぼそと呟《つぶや》く声を耳で拾って、リーディアは彼を振り返った。

「この場所をご存じなのですか？」

「知らないけど、ここにいる人たちみんな、修道服着てるでしょ？……ああそうか、リーディアはシスター……神に仕える人に会ったことはないんだっけ？」

「ローザ・ラーザの王城地下室で、大司教さまにお会いしたことがございます。あのような方のことですか？」

「大司教？　そんなのいたっけ？」

「覚えていらっしゃいませんか？」

「なにしろあの場では、可愛《かわい》いリーディアしか目に入らなくて」

「まあ、ルイさまったら」

ぽっと頬を染めるリーディアと、それを見て目尻を下げるルイに、周囲はぽかんと口を開けている。

「おお、これは……」

黒い服の集団の中から、一人だけ真っ白な衣装を身につけた男性が前に出てきた。

ルイが厳しい顔つきになり、さっとリーディアを庇《かば》うような位置に立つ。

他の人々は二十代から三十代くらいに見えるが、その人物だけは老人と言ってもいい年齢のようだ。鼻から下は豊かな白髭《しらひげ》に覆われて、目元には多くの皺《しわ》がある。

男性の服装は、かつて地下室でたった一度会ったきりの大司教によく似ていた。おそらく立場的にもそれに近い人物なのだろう。たっぷりの布地を使った白いローブに、両肩から金色の帯のようなものを前側に垂らしている。

「なんということ」

彼はルイとリーディアを……いや正確にはリーディアだけを見て、驚きの声を上げた。こちらに伸ばされようとした手は中途半端な位置で止まり、小刻みに震えている。

大きく瞠《みは》られた目に、薄《うす》らとした涙が滲《にじ》んだ。

「ようこそ、ようこそおいでくださった……」

感極まった様子で言って、リーディアの足元で膝を曲げる。びっくりして少し後ずさりしてしまったリーディアには構わず、そのまま跪《ひざまず》いて恭しく頭《こうべ》を垂れた。

「皆、頭を下げなさい。我らの求めに応じて、聖クラーラが、新たな聖女を遣わしてくださったのだ……！」

せいじょ？

首を傾《かし》げたリーディアに向けて、そこにいた全員が慌てて跪き、深く叩頭《こうとう》した。

「あの……」

自分は「聖女」などという存在ではないし、聖クラーラという名も知らない。そもそも本来ここに呼ばれたのはルイのほうだったはず――と言おうとしたリーディアは、軽く腕をつかれて、口を閉じた。

ルイは腕をつついた指先をそのまま動かして、「しっ」と言うように自身の唇の前に立てた。顔を寄せ、抑えた声でひそひそと耳打ちする。

「……もう少し事情が摑《つか》めるまで、こちらの情報はなるべく出さないでおこう」

白衣の男性以下、全員が頭を下げているので、自分たち二人のやり取りは気づかれていない。

リーディアも小さな声で「よろしいのですか?」と返した。

「あのおかしな召喚陣といい、どうも今回の仕事は一筋縄ではいかないみたいだ。リーディアがいるとなったらなおさら、慎重に事を見極めたい」

その言葉に、リーディアは頷《うなず》いた。

確かに、目の前の人々には、「祓《はら》い屋を呼んだ」という意図はまるでなさそうだ。するとなぜカラの国に召喚陣が現れたのかが判らない。ルイは救援信号と言っていたが、この中にその信号を発した人物がいるのかどうかも不明である。

ローザ・ラーザ王国の時のように、何かが掛け違っているのだろうか。

「あの、わたくしたち、こちらに来たばかりで何も判らないのです。まずは、そちらのお話を聞かせていただいてもよろしいですか？」

待っていても彼らはひたすら頭を下げているだけなので、仕方なくリーディアのほうから話しかけると、白いローブの男性が少し驚いた様子でようやく顔を上げた。

「おお——そうなのですか。私どものほうから事情を説明せよと、それが聖クラーラのご意思なのですな」

そもそも「聖クラーラ」というのが誰なのか判らない。

「承知いたしました。それではまず、場所をご移動していただいてもよろしいでしょうか。ここではお座りいただく椅子もございませんので」

自分たちがいるこの場所は、円形の広間のようだった。

高く伸びた側壁には上部に美しいステンドグラスが嵌《は》め込まれ、外からの明るい光を色鮮やかにして内部へと届けている。柱には一本一本に彫刻が施され、見事な絵画の描かれた天井部分は緩いアーチ形になっていた。

リーディアが暮らしていたローザ・ラーザの離れや、カラの国のどんな建物とも違う。どちらかといえば、少しだけ見たことのある王城に似ているが、あの場所よりも荘厳で重厚な雰囲気があった。

広間を取り囲むように壁際に数体の石像が配置されており、前方の最奥には、どっしりとした大きな鏡が仰々しく据えられている。

リーディアはそれを見て、思わず出そうになった声を呑《の》み込んだ。

その円形の鏡は、外周にぐるりと沿って、突き出た槍《やり》の穂先のような飾りが施されている。

キコの実の断面のような、その形。

――あの召喚陣とそっくりだ。

どうぞこちらへ、と白髭の男性に促されて、リーディアは確認するようにルイを見た。軽く頷かれたので、男性の後について足を動かす。

と、その瞬間。

「きゃあっ、何あれ！」

女性のけたたましい悲鳴が響き渡った。

驚いてそちらを向くと、跪いたままの黒衣裳《いしょう》の集団の中で、顔を上げた女性の一人が、真っ青になってこちらを指差している。

リーディアは自分の何が彼女をそんなに怯《おび》えさせたのかと狼狽《うろた》えてしまったが、よく見れば、その指先が示している先は微妙に自分の位置とはズレていた。

彼女の指と視線を辿《たど》って、ようやく、それを向けられているのが自分の隣に立つルイ――もっと言うと、彼の尻尾であることに気がついた。

いきなり他人から指を差されたことに対して、ルイは驚きも怒りもしない。

ただ、苦笑している。

彼の表情は少し面倒くさそうであり、ちょっとうんざりしているようでもあり——そしてほんのわずか、黒い瞳の端に影が過《よ》ぎったようにも見えた。

……その影に名前をつければ、「諦念」というものであったかもしれない。

決して言葉にはされない彼の内心の代わりに、尻尾が頼りなげにふよふよと揺れる。

しかしその動きで、他の人々もまた口々に叫び、一斉に立ち上がった。

「あの尻尾……！　あれはなんだ、悪魔か!?」

「なぜ魔性のものが聖女さまのおそばに!?」

「悪《あ》しき存在を、聖女さまから直ちに引き離せ！」

女性たちは蒼褪《あおざ》めながら身を縮め、男性たちが腰に帯びていた剣を長い衣服の下から引き抜く。

彼ら彼女らの目には、どれも嫌悪と恐怖の色が宿っていた。

小さくため息をついたルイが口を開きかけたところで、リーディアはするっと移動して彼の前に立った。

人々がぴたりと動きを止め、ルイも「リーディア？」と戸惑った顔になる。

「——こちらのルイさまは、わたくしの最も大事なお方です。そちらがそのような態度を取られるのであれば、わたくしはあなた方のどんなお話も、聞くことはできません」

リーディアの静かな、けれどきっぱりとした声は、この広間では意外なほどよく通って、一同の間に困惑したような沈黙が落ちた。

「し、しかし、その者は人ではないのでは」

一人の男性が気色ばんで言う。そちらに顔を向け、リーディアは首を傾げた。

人ではない、という台詞《せりふ》の意味が判らない。リーディアが区別できるのは、人か動物か、あるいは人か物体か、くらいだ。そしてルイは動物ではないし、物体でもない。

それとももしかして、異なる世界の住人は、彼らにとってすべて「人ではない」ということになるのだろうか。だったらなおさら判らない。

「ルイさまが人でないのなら、わたくしも人ではないということになりますが、なぜルイさまだけを排除しようとなさるのでしょう。こちらの方々とわたくしとでは、『人』についての基準が違うのでしょうか？　こちらでは、何をもって『人』かそうでないのかを判断なさっているのか、教えていただけますか。わたくしは、言葉を話し、思考し、心を持つのが『人』であると解釈しておりましたが、あなた方のおっしゃる『人』とは、どんな生き物を指しているのでしょう？」

リーディアは真面目な顔で訊《たず》ねたが、その問いに対する明確な答えは、彼らから返ってこなかった。

誰もが、何を言えばいいのか、いやそもそも「人の定義」なんて考えたこともなかった、という混乱しきった表情を浮かべている。

「でも……でも、あの、それ……そこにあるのは、どう見ても尻尾では？」

おずおずとした女性の問いに、リーディアは「はい」と頷いた。

「ルイさまには尻尾がございます。それが何か？」

「……せ、聖女さまは、それをなんとも思われないのですか……？」

「まあ」

リーディアは驚いて口を丸くした。

「なんとも思わないなんて、とんでもありません。わたくしは常に、たいそう可愛らしいと思っております。ご覧くださいまし、この形にこの動き。こんなにも愛らしいものが他にありまして？わたくし、気がつくといつもこの尻尾を目で追ってしまうのです。手触りもとってもよくて、きゅっと両手で握らせていただくと、なによりも心が落ち着くんですよ」

「………………」

目を輝かせたリーディアの熱弁に、全員が黙り込む。

ルイは少し顔を赤くして、こりこりと指で頬を掻《か》いた。

そこで、場を収めるように、ポンポンと軽く手を叩く音がした。白髭の男性が黒服の男女に向かって両手を広げ、押さえるような仕草をする。

「よしなさい、おまえたち。聖女さまのお連れに無礼な態度を取るなど、言語道断の振る舞いだ。聖女さまの大切なお方なら、我々にとっても賓客であらせられる。丁重におもてなしせねばならない。さあ、すぐに謝罪申し上げなさい」

そう言って、まず彼自身が率先して「申し訳ありませんでした。聖女さま、ルイさま」と頭を下げた。

「この者たちの未熟さについては、すべて私の不徳の致すところ……なにとぞ、お許しを」

他の人々もそれを見て、互いの顔を見合わせ、まごついたようにそれぞれ謝罪の言葉を口にする。

「いや、いいよいいよ」

全員に頭を下げられて、ルイは少し慌てたように手を横に振った。それに合わせて尻尾もパタパタと同じ動きをするのを見て、リーディアは微笑んだ。

いつものことながら、可愛い。

「お許しいただけますか。寛大なお心、感謝いたします。では、ぜひ歓迎の宴を設けたく思いますが、その準備の間に、私のほうから現在の状況についての説明をさせていただきます。どうぞこちらへ」

ようやく話が最前のところに戻った。黒い服の人々が後ろに下がって道を空け、ルイがリーディアをエスコートするようにそっと腰に手を廻し、先導に従って歩き出す。

彼の顔が耳のすぐ間近にまで寄せられて、他の人には聞こえないくらいの小さな声で囁きが落とされた。

「……ありがとね、リーディア」

耳朶《じだ》に息がかかって、リーディアはくすぐったさに身を縮めた。

何に対して礼を言われたのか判らなかったのでルイを見返すと、彼にしては珍しいくらい、はにかむような笑みを浮かべている。

　いつもは冷静で大人びた青年なのに、今は十代の少年のようだ。

「わたくし、何かしましたか？」

「うん。ちょっと自分でもびっくりするくらい、嬉《うれ》しかった」

「よく判りませんが、ルイさまが嬉しいのでしたら、わたくしも嬉しいです」

　にこっと笑うと、ルイは目を柔らかく細めた。

「それでね、リーディア」

「はい？」

「以前から聞いてみたかったことがあるんだけど……自分でもね、バカバカしいとは思ってるんだよ？　でもたまにね、たまーに心配になって……うん、俺はホント、皆が言うとおり、君に関することでは理性が吹っ飛ぶみたいで」

「なんでしょう。わたくしにお答えできることでしたら」

「いや、別に大したことじゃない。ちょっと気になって……一応ね、一応、念のための確認というか……」

　やけに持って廻ったような言い方をして、さらに少しためらってから、ルイはなんとなく不安そうにこちらを覗《のぞ》き込み、問いかけた。

「あのさ……リーディアは、俺と、俺の尻尾、どっちが好き？」

広間を出て、廊下を歩きながら、男性は自らを「大司教のブラネイルと申します」と名乗った。

やはりこの人物も大司教なのだ、と納得してリーディアは頷いた。

「ここは立派な建物ですね」

周囲を見回してそう言うと、彼は「恐れ入ります」と破顔した。

「この大聖堂は、十年という年月をかけて建築されたのですよ」

「十年……」

手がかかっているはずだ。

さっきの広間と同様、自分たちが今歩いている廊下もまた天井が高く、長い石柱が左右にずらりと並んでいた。細かい装飾もさることながら、どこもかしこも美しく磨き抜かれている。光沢を帯びた石の床は、一歩歩くたびにカツーンと足音を高らかに反響させた。

柱の間には何体もの石像が埋め込まれ、こちらに視線を向けている。女性の像もあれば男性の像もあったが、それらはすべて、背中に翼を生やしていた。

「先ほどまでおりましたのが、『鏡の間』と呼ばれる場所です。聖棺を祀《まつ》った礼拝堂にも、後ほどご案内させていただきます。いえ、今日はお疲れでしょうから、明日にでも」

とりあえず、リーディアたちが少なくとも明日まで滞在することは、彼の中では決定事項であるらしい。ちらっとルイを見たが、彼は「とにかく流れに任せてみるしかないね」と言うように、軽く肩を竦《すく》めただけだった。

「……それにしても、多いな」

壁のほうを見て、ルイがぼそりと呟く。それが柱のことを言っているのか、翼のある像のことを言っているのかは判らなかった。

「こちらです」

廊下をしばらく歩いて、閉じられた扉の前まで来ると、ブラネイル大司教は足を止めた。

その中はこぢんまりとした、ごく普通の部屋だった。ソファとテーブルがあるところからして、応接室のようなものなのだろう。壁に大きな絵が一枚飾られているものの、それ以外は少し質素なくらいの設備しかない。今までが壮麗すぎただけに、ホッとした。

「おかけください」

リーディアたちにソファを勧めて、大司教もまたその向かいに腰掛ける。彼の目と態度は落ち着いていて、ルイに対しても他の人たちのような怯えは見せなかった。

ルイは何も言わず、ソファに座ってただじっと大司教を見つめている。厳しい表情なのは、緊張か警戒か、どちらによるものだろう。

「まず、聖女さまにおかれましては――」

「わたくし、リーディアと申します」

リーディアの言葉に、大司教は意表を突かれたように目を瞬いた。

「おお、そうですか、聖女さまにもお名前がおありになるのですな。これは大変失礼いたしました」

謝ってから、ずいっと身を乗り出す。

「……では聖女さま。改めまして、この地にご降臨くださったこと、お礼を申し上げます」

彼にとって、名前はあまり意味がないようだ。リーディアは諦めて、とにかく話を聞くことにした。

「あなたさまを遣わした聖クラーラからは、何も事情をお聞き及びでないというのは、まことでしょうか」

「事情といいますか、ここがどこなのかも判りません」

率直に告げたら、大司教は「なんと」と絶句した。

「そうですか……きっと聖クラーラは、不甲斐《ふがい》ない我々にお怒りでいらっしゃるのですな。私どもの口から一つずつ詳《つまび》らかにして話すことによって、現実を見据え、おのれの足りないところを自覚せよと」

なるほど……と一人で理屈を作り上げ、感じ入っている。

「それが神と聖クラーラの思し召《おぼめ》しということなら、私も嘘偽《うそいつわ》りなく、隠し立てもせず、すべてをありのままお話しすることを誓いましょう。……おっと、まずはここがどこなのか、というところからですな」

ここは「ブラネイル大司教領」だと言われ、リーディアはきょとんとした。

「ブラネイル大司教とは、あなたのことでしたよね？」

「そうです。恥ずかしながら、現在は私がこの地を治めております。ここに赴任した時から、領に私の名がつけられました。その前は前任者の名がついていたのですが」

「すると、あなたがこの国の王なのですか？」

十七年離れの中で暮らしていたリーディアが知る「国」は、ローザ・ラーザ王国と、カラの国の二つしかない。ローザ・ラーザでは、姓に国名が入るのは王族のみだった。

「いやいや、とんでもない」

大司教はぎょっとして、慌てて否定した。

「大司教領は、マナ帝国という大国に属しております。つまりここは領地の一つです。この地は代々、大司教を務める者が治めていますので、大司教領と呼ばれているのです」

そういえば、カラの国が特殊すぎるのであって、普通、世界というのは複数の国家に分かれているのだった、とリーディアは自分の頭の中から知識を引っ張り出した。その国は、さらにいくつかの領地に分かれていると——複雑だ。

リーディアが相当ピンとこない顔をしていたのか、大司教は困ったように眉を下げた。

隣に座るルイが、軽く噴き出す。

「リーディアは、世俗のことにあまり詳しくないんだ」

「ああ、左様ですか。やはり聖女さまだけのことはありますな」

うんうんと大司教は頷いた。

「この地は二百年ほど前、悪魔に穢《けが》された土地を、聖女のクラーラが清めたのがはじまりとされております。帝国の皇帝は、その偉業を称《たた》えて大聖堂をお建てになり、ここを聖なる地として大司教を派遣して治めさせることにしました。形としてはマナ帝国に属していますが、大司教領は神と聖女に守られた地のため、特別な計らいでおおむね独立を許されております。それもこれもすべて、天におわします神、そして聖クラーラのおかげなのです」

「はあ……」

大司教は厳かな口調で滔々《とうとう》と語ったが、生贄《いけにえ》育ちのリーディアには、あいにく神というもののありがたみがさっぱり判らない。どうしても曖昧な返事になってしまう。

信じる信じないではなく、その存在に対する認識も感情も、ほぼ「無」に近いのである。今にして思うと、ローザ・ラーザでは、神や宗教に関するものはすべて、リーディアの周囲から注意深く取り除かれていたのだろう。

「しかし――」

どこか誇らしげに領の歴史について話していた大司教は、そこでふと、目を伏せた。

「二百年という長い年月が経《た》ち、聖クラーラの浄化の力も少しずつ弱まってきたのでしょうか。最近になって、様々な異変が起きるようになってきたのです」

「異変、というと？」

訊ねるルイの口調はどこまでも冷静だった。何かを測るような目は、大司教から離れない。

「そう……異変というより、怪異と申しましょうか。誰も触っていないのに、ものが突然揺れたり、勝手に場所が変わっていたりする。あるいは人けのない場所で、なぜか火の手が上がったりもする。……いずれも小さなことと言えば、そのとおりです。誰かが怪我《けが》をしたわけではないし、炎もすぐに消して被害は特にありませんでした。しかしこうも頻繁に起こると、皆の神経のほうが参ってしまいます。最初のうちは、気のせいだ、大したことはないと笑っていた者も、今では少しの物音でビクッとしてしまう始末。若い修道女などは、これは悪魔の仕業ではないかと泣き出して、修行になりません。この神聖な場所に悪魔が入り込むとは考えられませんので、これら一連の出来事は我々に対する天からの警告なのではないかと思い、連日、聖クラーラの鏡に祈りを捧《ささ》げていたのです。これからどうすればよいのか、どうかお教えくださいと」

「聖クラーラの鏡？」

ルイとリーディアの声が重なって、大司教は目を見開いた。「それも知らないのか」と驚いているようだ。

「この地の穢れを清めた聖クラーラは、死した後も永遠にここを見守るため、息を引き取る間際に自分の魂を鏡の中に移した、と言われています。その大鏡は大聖堂内の『鏡の間』に祀られ、大事に受け継がれているのです」

リーディアはさっきの広間で目にした、大きな鏡を頭に浮かべた。

あの中に、聖クラーラと呼ばれる人の魂が？

「今日もそうして皆で祈っておりましたら、突然鏡が眩しい輝きを放ち、その上に見たこともない光の陣が姿を現しまして」

なんだあれは、と一同が驚愕《きょうがく》し、騒然としたところで、その陣の中からルイとリーディアが飛び出してきた——ということらしい。

「そうなのですか……」

あらましが判って、リーディアはようやく理解した。

そんな成り行きでは、大司教をはじめとしたこの大聖堂の人々が勘違いするのも無理はない。むしろその状況で、聖クラーラとまったく無関係の人間が出現したと考えるほうが難しいだろう。

それで彼らはリーディアを「聖女」と呼び、ルイに対してああも攻撃的になったのか。

しかしクラーラも聖女も、知らないものは知らないのである。

「——で、結局のところ」

困惑して口を閉ざしたリーディアの隣で、ルイがおもむろに腕を組んだ。

首を傾げ、唇の端を上げる。

「俺たちにその怪異をなんとかしてほしい、ということかな？」

てっきりその問いにすぐにでも頷くと思った大司教は、予想に反して、「いえ、とんでもない。聖女さまにそのような」と急いで首を横に振った。

「聖女さまは、そこにおられるだけで周囲を清浄にし、悪しきものを寄せつけない、稀有《けう》なお方です。特に何かをされる必要はございません。ただこの聖堂に留《とど》まってくだされば、いずれ怪しい現象は収まりましょう。聖クラーラはそのためにあなた方を遣わしたのでしょうから」

要するに、「何もせず、ただここにいればいい」ということなのか、とリーディアはますます困惑しながら思った。

そんなことを言われても、本当にずっとこの地に留まっているわけにはいかない。カラの国でもきっと皆が自分たちのことを心配しているはずだ。そもそもリーディアは聖女ではないのだから、じっとしているだけで問題が解決するわけがない。

ルイは難しい表情で口を結び、黙り込んだ。

その後、「食事の支度が調った」と女性が呼びに来て、リーディアとルイはまた別の場所へと案内されることになった。

大聖堂の裏側から、中庭に面した渡り廊を通って移動する。その先に、特に装飾のない素朴な造りの建物が見えた。三階建てで、等間隔に並んだたくさんの窓はどれも小さい。

大司教によると、そこは修道士と修道女の生活の場であるらしい。

建物の中は、さらにがらんとして殺風景だった。必要なものが必要な分しかない、という感じがする。ここには絵画もなければ石像もない。天井は低く、家具もずいぶんと年数の経過を思わせるものばかりで、大聖堂の内部との落差にリーディアは少し戸惑ってしまった。

「修道院ってのは、清貧、貞潔、服従の三つを原則とするものだからね」

ルイがひそひそと教えてくれる。

「清貧、貞潔、服従ですか?」

「財産を持たず、恋愛も結婚もせず、黙って神と上の人間の命令を聞け、ってこと」

「まあ」

この建物の中に足を踏み入れた時から、妙な既視感を覚えていたのだが、それで合点がいった。

禁欲的で、外部と隔絶したような雰囲気が、リーディアが以前暮らしていた離れとなんとなく似ているのだ。

そこでハッとした。

「ひょっとして、こちらの方々は全員、神への生贄に……!?」

「いや、違う違う」

ルイが慌ててリーディアの口を手で塞いだ。

「二階と三階は居住スペースで、そちらは男女別となっており、互いに行き来できないようになっています。共同で使える一階には食堂がありまして、おそれながら聖女さまがたにも、そちらで皆とともにお食事をしていただきたく……」

二人の不穏な会話には気づかず、大司教が説明しながら両開きの扉を開ける。

奥行きのある室内には、細くて長いテーブルが二台並べて据えられていた。右のテーブルには修道士、左のテーブルには修道女が分かれて座っている。

大部分があの時「鏡の間」に集まっていた人たちのようだが、テーブルの端のほうには、複数の子どもの姿もあった。

彼らの前には、パン、スープ、飲み物の入ったグラス、そして小さな青い果実の入った器が置かれてある。

「申し訳ありません、まさか聖女さまがいらっしゃるとは夢にも思わず、いつもの食事しかご用意できなかったのです。明日はなんとかして食材を手に入れますので、本日のところはこちらでお許しを……」

「いいえ、十分です」

「どこでも、急な来客には対応できないものだからね」

リーディアとルイの返事に、大司教は頭を下げたが、他の修道士と修道女たちは、そのほとんどが目を逸《そ》らしていた。どうやらルイの尻尾を見ないようにしているらしい。中にはまだ嫌悪のこもった視線を向けてくる修道士もいる。

リーディアたちが用意された椅子に腰を下ろすと、大司教が厳かに両手を組み合わせ、「では、食前の祈りを……」と目を閉じた。それに合わせて、全員が手を組んで下を向く。

「天におわします神よ、そして聖クラーラよ、我々に救いの手を差し伸べてくださり、ここに感謝の祈りを捧げます。新たな聖女とすべての民に、どうかご慈悲と祝福を――」

ここは自分も同じことをすべきなのか迷ったが、ルイを見ると手持ち無沙汰そうに窓のほうに目を向けていたので、リーディアも彼らの祈りが終わるのを待つことにした。

食事が始まっても、食堂はしんと静まり返っていた。誰も何も話さず、ひたすら皿のほうにしか目を向けない。

そういえばローザ・ラーザにいた時もこんな感じだった、とスープを掬《すく》いながらリーディアは思い出した。

沈黙の中、ただ手を動かし、順番に口の中に入れていくだけ。だからきっと、なんの味もしなかったのだ。

だって、ルイと、レンと、メイベルと、四人でテーブルを囲んでお喋《しゃべ》りし、笑いながら食べるものは、たとえパンとスープだけでも美味《おい》しく感じられた。

カラの国を離れてから、まだ少ししか経っていない。にもかかわらず、胸をちくりと刺すこの痛みはなんだろう。もしかしたらこれが、生まれてはじめて抱く「郷愁」というものなのだろうか。

その時、ちょん、と隣から腕をつつかれた。

そちらを見ると、ルイがニコニコしながら自分の口を指先で示している。あーんと開け、次いでリーディアの口を指差した。どうやら「口を開けて」と言っているようだったので、首を傾げながらその通りにしたら、ころんと青い実を中に入れられた。

硬くて舌では潰せず、カリッと音を立てて噛《か》み砕く。

その途端、リーディアは思わず両手で口を押さえた。ぎゅうっと肩をすぼめ、プルプル小さく身を震わせる。

ものすごく酸っぱい……！

もう、と頬を膨らませると、ルイが声を出さずに肩を揺らして笑った。その場の全員が啞《あ》然《ぜん》とした顔でこちらを見ていたが、リーディアも笑ってしまう。

訂正しよう。

ルイがいてくれれば、どこでも楽しいし、どんなものでも美味しい。

食事を終えると、大司教はリーディアたちに、二人の男女を紹介した。

「こちらの修道女がヴァンダ、そしてこちらの修道士がディルクと申します。ヴァンダは侍女として、そしてディルクは護衛として、聖女さまにお仕えさせていただきます。この大聖堂では、修道士は騎士の役目も担うため、日々そのための訓練を欠かしておりません。ディルクはその中でも飛

び抜けて優秀なので、聖女さまをどんな時でも必ずお守りできることでしょう」

ヴァンダとディルクという名の二人は、リーディアに向かって深々と頭を下げた。

修道女のヴァンダは、頭巾の下からふわっとした赤茶の髪が覗く、快活そうな女性だった。年齢はリーディアとそう変わらないくらいか。ぱっちりとした大きな目は、リーディアに向ける時は生き生きと輝くのに、ルイに対してはあからさまな敵意を含んでいる。

修道士のディルクは、さらりとした金髪の、非常に端整な顔立ちをした男性だ。引き締まった体格で、背も高い。たぶん、ルイよりも少し年上だろう。物腰は丁寧なのだが、切れ長の瞳は冷ややかで、こちらは公平にリーディアからもルイからも一歩を引いて接していた。

「それでは、お部屋にご案内いたします。どうぞ」

ヴァンダがそう言って、今度は一階の端にある部屋へと案内された。

「この修道院には、客間は一部屋しかないのです。聖女さまはこちらでお休みください。ここの窓から見える中庭は美しく整えてありますので、きっと聖女さまのお目を楽しませることができると思いますわ。それで、そちらの……人っぽく見える何者かにつきましては」

もしかして、ルイのことを言っているのだろうか。

ヴァンダはリーディアには満面の笑みを見せていたのに、ルイのほうを向いた途端、それをすっと引っ込めてしまった。

「二階の修道士側のほうに一部屋余っておりますので、そこへどうぞ」

空いた部屋に荷物を突っ込んでおけ、というようなつっけんどんな言い方をして、胡乱《うろん》げにルイを見やる。

リーディアは「いえ、それには及びません」とにこやかに返した。

「わざわざ二部屋ご用意いただかなくても、わたくしとルイさまはこちらで一緒に休ませていただきますので」

その言葉に、ヴァンダは「なっ」と目を剝《む》いた。

「と、とんでもありません！　一緒の部屋だなんて！」

「でも、いつもそうですし」

「いつも!?」

「同じベッドで眠っております」

「ええっ！」

「ルイさまから、それが世界の常識だと教わりました」

夫婦というものは毎晩同じ寝室、同じベッドで寝るのが当然、むしろ離れて寝るのは拷問にも等しい苦行、と聞かされたのだが、こちらではそうではないのだろうか。

「くっ……！　聖女さま、こうなったら言わせていただきますが！」

ヴァンダがなにやら決死の面持ちで両足を踏ん張り、はったとルイを正面から見据えた。

後ろでディルクが「おいヴァンダ、やめろ」と引き止めるのを、「ディルクは黙ってて！」と振り払う。

「私は、その者の正体に気づいているのです！」

びしりとルイに向けて指先を突きつけた。その目に嫌悪や恐怖はないが、めらめらと怒りの炎が燃えている。

「まあ、そうなのですか？」

ルイが祓い屋だということに気づいているのか、とリーディアは頬に手を当てた。

ではこのヴァンダが救援信号を発した人物ということに――そのわりに、助けが来て嬉しいというようには見えないが。

「この男は、堕天使なのでしょう!?」

ん？

「神に反逆した罰として、天界から追放された悪しき天使なのですよね!? それで罪を償うために、聖女さまに付き従っているのでしょう!? その尻尾と尖《とが》った耳がなによりの証《あかし》です!!」

私にはすべてお見通し、というように堂々と胸を張って言いきられ、さすがにルイがぽかんとしている。

「でも騙《だま》されてはいけません、聖女さま！　堕天使は聖なるものを誘惑し、自分と同じように罪深き存在へ堕落させるため、虎視《こし》眈々《たんたん》と機会を窺《うかが》っているのです！　汚れなき聖女さまを、言葉巧みに欺いて寝所に引き入れようとするなど、な、なんて、ふっ、ふしだらな！」

真っ赤な顔で糾弾するヴァンダに、リーディアも「まあ……」と言ったきり、二の句が継げない。

ふぐうっ、という変な音がして、そちらを向いたら、耐えきれなくなったルイが身体を折り曲げて肩を揺らしていた。

「ほらっ、言い当てられて動揺している！　真実の力が心臓を射貫《いぬ》いたのでしょう、聖書に書かれていたとおりだわ！」

どう見ても、普通に大笑いしている。そして彼が苦しそうに押さえているのは、左胸ではなくお腹《なか》だ。

「聖女さま、お心をしっかりとお持ちください！　堕天使は聖女さまに手を伸ばし、いつかその尊き御身に喰《く》いつこうとしているに違いありません！」

そう力説されて、リーディアはきょとんと目を瞬いた。

まさかここでも、自分と同じ誤解をしている人がいるとは思わなかった。

「いいえ、ルイさまは、わたくしを食べたりいたしません」

「でも！」

「食べてくださいと何度もお願いしたのですが、ずっとお断りされておりました」

「お、お願い!?」

「あっ、もしや別の意味の『食べる』でしょうか。でしたら、わたくしはもうルイさまに食べられてしまったのですが……」

「は!?」

「いえ、過去形なのはおかしいですね。現在進行形で食べられております」

「その言い方もおかしいですが!?」

「でも勘違いなさらないでください。食べると言っても、腕や足をばりばり噛み砕くとか、そういうことではないのです」

「さっきから何をおっしゃっているのです!?」

「そうだよ。それに俺はとっくにリーディアの忠実な僕なんだから」

「しっ、しもべ!?」

どこまでも大真面目なリーディアと、真面目な顔でからかうルイに反論されて、ヴァンダは混乱の極みに陥っていた。

「ルイさま、このような時に冗談はよくありませんわ」

「そうかなあ、どっちかというと本気のほうがタチ悪いんじゃ……それに、冗談なんかじゃないよ。君の前では、俺はいつでも愛の奴隷と化してしまう哀れな男です」

そう言いながら、ルイがリーディアの手を取り、甲にチュッと口づけた。

「な……な……なっ」

ヴァンダはさらに赤くなって、わなわなと震え出した。

その彼女の腕をディルクが摑み、「失礼いたしました、ごゆっくり」と真顔で言い、ずるずると

部屋の外へ引きずっていく。

バタンと扉が閉じられた。

「やれやれ」

ようやく周りに人がいなくなってホッとしたのか、ルイが肩を竦め、ベッドの上にごろんと寝転がった。

頭の下で腕を組み、天井に目を向ける。

リーディアは彼のブーツを脱がせてあげてから、自分も靴を脱いでベッドに乗り、腰を下ろした。

「お疲れ、リーディア」

「ルイさまも……まだ、何がなんだかまったく判りませんね」

判ったのは、ここがどこかということと、この件には「クラーラの鏡」というものが関与しているらしい、ということだけだ。

「あの大鏡がカラの国に助けを求めたのでしょうか？」

いやこの場合、あの鏡の中に入っているという、聖クラーラの魂が、というべきか。

「うーん……あの言い伝えが事実だったとしても、魂なんてものに、そこまでの力があるとは思えないんだけどな。それに、そんな単純な話でもなさそうだ」

ルイはそこで口を曲げ、言葉を切った。まだこの状態では、推論であっても外に出せない、ということなのだろう。リーディアがいるからか、いつにも増して用心深くしているようだ。

「宗教が絡むと、ややこしいんだよなあ……」

天井を見つめたまま、小さな息をつく。

「カラの国には、宗教というものはないのですか？」

「俺たち祓い屋は、偶像に対して祈ったりしない。けど、それを否定することもしないよ。余所《よそ》から来た女の人の中には、故郷の神を信奉し続けている人もいるし、そういう信仰が時に人を救うこともあるというのも理解してる。……大事なのはね、リーディア」

「はい」

「自分の信じているものが唯一の正しい答えだと思わないこと。信念を持つのは重要だけど、それを他人に押しつけたら駄目だ。真実なんてものは一つではなく、人の数だけあると思ったほうがいい。自分が正しくて、相手が間違っていると考えるところから、争いってものは生まれるからね。信じる神が違う、肌や髪の色が違う、自分とは価値観が違うって理由で戦争をするなんて、馬鹿げてると思うだろ？　そんなものに『正解』があるわけないのにさ」

「はい……」

リーディアが神妙に頷くと、ルイは我に返ったようにこちらに目を向けた。

「あ、ごめん。こんな時にする話じゃなかった。今日、大変だったのは君のほうなのに」

「いいえ」

首を振って、自分もベッドに横たわり、そっとルイに寄り添う。

はっきりと口にされたことはないが、きっと今まで、見た目のことでいろいろと苦労してきたのだろう。ヴァンダのように偏った方向で決めつける人だって大勢いたはずだ。

ルイに聞けばきっと笑って「慣れてるから平気」とでも答えるのだろうが、あれは慣れるものでも、慣れていいものでもないと、リーディアは思う。

「とりあえず、今日はゆっくり休もう。明日も大変だろうから、英気を養っておかないとね。食事が少なめだった分、リーディアで栄養を補充しないと」

おどけるように言って、ルイがリーディアの身体をぎゅっと抱きしめる。

彼の匂い、彼の温《ぬく》もりだ。ほうっと息をつくと、頭を優しく撫《な》でられた。

尻尾のほうも、リーディアの腰のあたりをポンポンと軽く叩いている。

「不安にならなくても大丈夫だよ。君のことは俺が絶対に守るから、何も心配しないで」

「はい……」

リーディアは返事をして、ルイの胸に自分の顔を埋《うず》めた。

その言葉は嬉しいし、身体に廻る両腕の力強さには安心できる。判らないことばかりだけれど、それでも怖いと思わないのは、ルイが自分のすぐ傍《そば》にいるからだ。

でもやっぱり、少しだけ胸がもやもやする。

……どうして？

閑話　ヴァンダの信仰

「んもう、離してよ、ディルク！」

苛《いら》ついたように言って、ヴァンダは自分の腕を摑《つか》んでいたディルクの大きな手を思いきり振りほどいた。

「どうして邪魔するの!?」

「おまえが余計なことばかりするからだ」

冷たい顔と口調で言いきられて、ただでさえ頭に血がのぼっていたヴァンダが眉を吊《つ》り上げる。

「何が余計なことなのよ！」

「あれだけのことをしておいて、その自覚もないとは呆《あき》れるな。自分がどれだけ無礼な言動を重ねたと思っている？」

「聖女さまにはちゃんと丁寧に接したわ！」

「もう一人に対しての態度が最悪だ、と言っているんだ。大司教さまがおっしゃったことを、おまえは何も理解していないのか？　聖女さまにとって大事な方なら、我々にとっても賓客だと言われただろう」

大司教の言葉を持ち出され、さすがにヴァンダは怯《ひる》んだように大声を出すのをやめた。ヴァンダにとって、敬愛する大司教の指示と命令は、なにより優先されるべきものだからだ。

「だって、ディルクもあの男は怪しいと思うでしょ……尻尾が生えているなんて」

尻尾だけではない。先が尖《とが》ったあの耳も、発達した犬歯も、どこもかしこも聖書に書かれた「魔性」そのものの特徴を有しているではないか。

あれで黒い翼があれば完璧な堕天使だ。人を悪の道へと誘い込み、災いを引き起こす、残忍で非道な存在である。

「悪魔だろうが堕天使だろうが、今は聖女さまに仕えているのなら問題ないだろう。改心したということじゃないのか」

「そんなわけないじゃないの。あんなの口先だけに決まっているわ。聖女さまはきっと、あの者に騙《だま》されているのよ」

そう断言して、ぐっと拳を握る。

大聖堂にあのような輩《やから》が入り込むなど、神への冒瀆《ぼうとく》に他ならない。熱心で敬虔《けいけん》な信徒であるヴァンダには、到底許せることではなかった。

素直で優しそうな聖女の姿を思い出し、なんとしても自分が救って差し上げねば、という決意を強くする。

「それにしても、聖女さまは本当に素敵な方だったわね、ディルク？」

打って変わってはしゃいだ声を上げると、ディルクは「ああ、そうだな……」と妙に上の空で返事をした。彼も今まさに、聖女のことを頭に思い浮かべているのだろう。

長い銀髪が艶やかに流れ、青い瞳はまるで澄んだ泉のようだった。儚《はかな》げで、清らかで、どこか神秘的で謎めいた雰囲気があり、今までにヴァンダが出会ったどんな人とも違う。

聖クラーラの外見については何一つ伝わっていないのだが、彼女もまたあのように美しい人であったのかもしれない。

いかにも聖女らしい、邪念や私欲がこれっぽっちもなさそうな、無垢《むく》で純粋な心の持ち主であるようだから、堕天使などに付け込まれてしまったのだろう。お気の毒に、と思うと同時に、どこもかしこも真っ黒なあの男に対しての怒りがふつふつと湧いてくる。

自分がきっと正体を暴いてやる、とヴァンダは使命感に燃えた。

「言っておくが、これ以上出過ぎた真似《まね》をするんじゃないぞ」

苦々しい顔でディルクに釘《くぎ》を刺され、内心で勢い込んでいたヴァンダは鼻白んだ。

「なによディルク、あんたは聖女さまをお守りする騎士なのよ。そんなやる気のない態度でどうするの」

「やる気のあるなしの問題じゃない。任された役目はしっかりこなすさ。だが、それ以上のことは俺たちが出しゃばることじゃない、と言っているんだ」

その醒《さ》めた口調に、ムッとする。

「聖女さまは私たちに手を差し伸べてくださるために降臨されたのよ。少しでもそれに報いたいと思うのは当然のことじゃない」

「手を差し伸べる……か」

ディルクは独り言のように言って、ふっと視線を逸《そ》らした。

「——本当に、あれは聖クラーラが遣わした聖女なのか？」

その言葉に驚いて、ヴァンダは目を見開いた。まさかディルクがそんな罰当たりな発言をするとは、思ってもいなかった。

「まさか、堕天使ではなく、聖女さまのほうを疑っているの？」

「疑うというか……」

「あんただって見たでしょ、輝く光の輪の中から聖女さまがお姿を現したところを。聖女さまでなけりゃ、あんなことができるわけないわ」

「だが本人は、自分が聖女であると、はっきり肯定しなかった。それに、『何も判《わか》らない』とも言っていただろう。聖クラーラが遣わしたというなら、その理由や目的くらいは前もって教わっているはずじゃないのか？」

「それは……聖クラーラのご判断によるものよ、きっと」

「どんな判断？」

「…………」

冷静に指摘されて、ヴァンダは返事に詰まる。

大司教が「聖クラーラが遣わした新しい聖女」と認定したのなら、それがヴァンダにとって唯一の答えだからだ。それ以外のことは考えなかったし、考える必要も感じなかった。

言い伝えとして聞かされるだけの聖クラーラより、生身があって実際に自分たちを救ってくれた大司教のほうに、ヴァンダはより重きを置いている。

「本当に聖クラーラが祈りに応えてくださったのなら、どうして……」

ディルクが目を伏せ、低い声で呟《つぶや》いた。

「何か言った？　ディルク」

「……なんでもない。とにかく俺はまだ、あの方を聖女と認めたわけじゃない。だが護衛としての仕事はきっちりする。それでいいんだろう？　いいかヴァンダ、おまえも侍女として最低限の役割をこなすだけにしておけ。あまり肩入れしすぎるな。そして余計なこともするな。妙な好奇心を起こさず大人しくしていろ。くれぐれも、大司教さまに逆らうようなことをするんじゃないぞ。判ったな？」

ディルクは一方的に命令するように言い放つと、「そんなことするわけない」というヴァンダの反論にも耳を貸さず、さっさと踵《きびす》を返して去っていった。

「なによ……」

腹立ちと悔しさで顔を赤くして、しかしそれ以上にキリキリと胸が痛んで、ヴァンダはその場に立ち尽くした。

スカートをぎゅっと握りしめる。

「昔のあんただったら、そんな意地悪な言い方はしなかったわ……」

ヴァンダとディルクは、十年前のほぼ同じ時期、大聖堂へとやって来た。ヴァンダが八歳、ディルクが十三歳の時だ。

お互い、両親を亡くしたばかりだった。この大司教領では、親を失い、他に身寄りもない孤児は、その多くが大聖堂へと集められ、世話をされることになっている。

そこから新たに別のところへ引き取られたり、自ら仕事を見つけて出ていったりする者もいるが、ヴァンダとディルクはそのままここに残り、修道女と修道士になることを決めた。

少しでも恩返しをしたかったし、二人とも大司教の人柄に心酔しきっていたからだ。

慈悲深く、温厚で、領民からも愛され尊敬される、ブラネイル大司教。

彼が自分たちに向けてくれる信頼がなにより嬉《うれ》しく、必ずこの方の助けになろうと、ヴァンダとディルクは誓い合ったものだ。

幼い頃は二人して大司教にまとわりつき、どちらがより役に立つかを張り合い、優しく窘《たしな》められもした。ヴァンダの決意と願いは、あの当時から何一つとして変わっていない。

……でも、ディルクとの関係は変わってしまった。

幼馴染《おさななじ》みのように、兄妹のように近しかったディルクは、ある時から急に余所余所《よそよそ》しくなった。

大司教さまのため、この領のためにと熱っぽく語っていた瞳はすっかり冷たくなり、もともと多くはなかった口数はさらに少なくなって、今では必要最低限くらいの会話しかない。

たまに話したと思ったら、さっきのように、怒った顔ばかり向けてくる。

「もう、あの頃には戻れないのかしら……」

二人で笑い合い、慰め合い、叱咤《しった》し合いながら、未来への夢を見て過ごしていた輝かしい日々。

今ではもう、すっかり遠くなってしまった。

恋も愛も許されない自分たちだけれど、そこには確かに深い絆《きずな》があると信じていたのに。

「――私に残された時間は、あと少ししかないのよ、ディルク」

ぽつりと寂しげに呟いて、ヴァンダは両手を組み、祈りを捧《ささ》げた。

……神よ、聖クラーラよ、どうかディルクのこの先に、幸いがありますように。

第三章　神と悪魔

　翌日、朝食を終えてから、リーディアとルイは改めて大聖堂内を案内されることになった。

「案内役は私、ヴァンダが務めさせていただきます。本来でしたら大司教さまがご案内申し上げるべきところですが、本日はご多忙であることと、年齢の近い私のほうが聖女さまにもお寛《くつろ》ぎいただけるのではないかということで……」

　どうかお許しを、と頭を下げるヴァンダは、しきりと大司教を擁護する発言を繰り返していた。

リーディアの不興を買うのではないか、そしてそれが大司教へと向くのではないかと、そればかりを気にしている。

　まったく怒ってなんていないし、むしろ配慮してもらって感謝していると何度か言葉を重ねると、ようやく安心したような笑みを見せた。

　自分が叱られるのではないかという恐れよりも、大司教に悪い印象を持ってもらいたくないという必死さが伝わってくる。

　彼女にとって大司教は、それだけ大きな存在なのだろう。

「今日はちょうど聖クラーラの生誕祭なのです。外ではいろいろな催しがされておりますし、たくさん出店も並びます。そちらもぜひご案内差し上げるよう、仰せつかっておりますので」

「生誕祭、ですか?」

「はい。主神アレイスの生誕祭と、聖クラーラの生誕祭は、このブラネイル大司教領での二大祝祭なんですよ。アレイス生誕祭は国全体で祝いますが、クラーラ生誕祭が行われるのはこの領だけです。もしかしたらいずれ、聖女さまの降臨祭もそこに加わるかもしれませんね」

うふふ、と朗らかにヴァンダは笑ったが、その後ろに立つディルクはぴくりとも笑わず、無表情を貫いている。

「祭りか、それはいいな。リーディアはそういうの、知らないだろう?」

ルイに微笑《ほほえ》まれて、リーディアは頷《うなず》いた。

「存じません。どういうものなのですか?」

「まあ場所や宗教にもよるけど、音楽を鳴らしたり、浮かれて騒いだりする、賑《にぎ》やかな行事のことだよ」

「神と聖女の生誕を祝して、感謝と祈りを捧《ささ》げる、神聖かつ厳かな行事のことです」

ルイの説明を食い気味に訂正して、ヴァンダはじろりとそちらに視線を向けた。

「そちらの者……方も、一緒にいらっしゃるのですか」

「そりゃ、リーディアが行くところには俺も行かないと」

「聖女さまには護衛がついているから心配いりません」

「護衛ってこの美形の無口男のことでしょ? 余計に心配だよ。リーディアが俺以外に目移りするはずないけど」

「ディルクです、変な言い方しないでください！」

ヴァンダは嚙《か》みつくように怒鳴りつけてから、ふん！　というように顎を突き出した。

手に持っていた黒いマントを、ずいっと突きつけてくる。

「でしたら、こちらを羽織って、その尻尾を隠しておいてください。領民たちがそれを見たら大騒ぎになってしまいます！」

「はいはい」

ルイは可笑《おか》しそうに笑って、素直にマントを羽織ったが、リーディアはどんな顔をすればいいのか判《わか》らず困ってしまった。

わざわざマントを用意してくるあたり、ルイの返事は想定していたということで、完全に拒絶するつもりはないのだろう。とはいえ、ヴァンダのルイに対する悪感情は昨日とまったく変わっていないようだ。

ディルクは何も言わなかったが、大きなため息をついた。

修道院の建物を出ると、大聖堂までの渡り廊に面した広い中庭には、箒《ほうき》を持って掃除をしている子どもたちの姿があった。

男の子と女の子、合わせて十数人いるが、着ているものは全員同じだ。男の子はシャツとズボン、女の子は黒いワンピースに白いエプロンをつけている。

「あの子たちは皆、孤児なのです。下は五歳から、上は十五歳までおります。現在は『見習い』という扱いで、十六になると正式に神に仕える身となるか、外に出て自分の力で暮らしていくかを選ぶことになります」

ヴァンダの説明に、リーディアは「孤児……」と呟《つぶや》いた。

「病気や事故で二親を亡くした者や、捨て子などですね。そういう子どもは、大司教さまのご慈悲で、この修道院に引き取られ、養育されているのです。他にも孤児院はありますが、ここに来ることになった子たちは、それよりずっと幸運だと思いますわ」

「なぜでしょう？」

「そりゃあ、この領で最も神に近い場所で成長することができるんですもの！　それに、大司教さまは幼い子どもにもとてもお優しくていらっしゃるんです。この修道院は決して財政的に恵まれているとは言えないんですけど、困った子どもがいれば、手を差し伸べずにはいられないんですよ。……実は、私もディルクも孤児の身の上で、十年前の同じ時期にこの修道院に引き取られました。ですから断言できます、ここは他のどこよりも素晴らしいところです！」

昨日、ルイに対して「悪《あ》しき天使」と言いきった時と同じ、自信たっぷりの顔つきと口調だった。

「ヴァンダさんは、他の孤児院をご覧になったことはあるのですか？」

「え？　いいえ、ありませんけど？」

他を知らないまま、「ここがいちばん素晴らしい」と断言することの矛盾に、ヴァンダはまったく気づいていないようだった。一つしか知らないのに、その一つが「最上」であると信じて疑わない行為は、リーディアの過去と重なって見えた。

同じくここで育ったというディルクは、ヴァンダに同意するわけではないが否定もせず、口を結んで黙っている。

この二人にはそれぞれ、自身の中に固い壁で守られた何かがあるようだ。壁の形は違うが、他者の介入を撥《は》ねつけるのは同じ、という感じがする。

それ以上を言うのは諦めて、中庭に顔を巡らせたリーディアは、一人の子どものところで視線を止めた。

三つ編みを両肩に垂らしたその女の子は、他の子たちがせっせと働いている中、箒を持った手を動かすこともなく、ぼんやりと突っ立っている。

「ああ、コリンナですか？」

リーディアが見ている先に自分も目をやり、ヴァンダが言った。

「コリンナ？」

「ええ。コリンナは気の毒な子で、三年前、両親と馬車で領の外に出た時、盗賊団に襲われたんです。一緒にいた親と兄弟は全員殺され、あの子だけが助かったんですけど、それ以来ほとんど口がきけなくなってしまって……」

リーディアとヴァンダの会話が聞こえていないのか、それとも自分の話をされているとは思ってもいないのか、コリンナという少女はずっと空中に視線を向けたまま、こちらを見もしない。他の子たちが掃除をしながら、ちらちらと自分たちのほうを気にしているのとは対照的だ。

「その時に大きな傷を負ったせいで、身体《からだ》があまり上手《うま》く動かせないのです。それで簡単な作業だけさせているのですが、頭のほうも……ええと、ちょっとその、難しいことがよく判らず、こちらの指示を理解するまで少し時間がかかると言いますか……周りがあれこれ面倒を見てあげないといけないものですから、他の子たちからも『お人形さん』なんて呼ばれていたり……あの子は外では生きていけないだろうから、このまま修道院に残ることになります」

ヴァンダはところどころ言葉を濁したが、コリンナの現在の状況が、あまり良いものではないことは理解できた。お人形さんという呼び名は、少なくとも好意的なものではないだろう。

周りがあれこれ面倒を見てあげないと生きていくのも難しい、お人形。

外の世界に出ていくか、ここに残るか、自分の意志で選ぶこともできない。

「──……」

不意に、身の裡《うち》に衝動が駆け上がった。

いきなり中庭に下りたリーディアに、後ろのヴァンダが「聖女さま?」と驚いたように声を上げる。

リーディアはそのままコリンナの近くまで寄っていって膝を折り、「こんにちは」と声をかけた。

そこでようやく、少女はこちらの存在に気づいたように、ビクッと身体を揺らして顔を向けた。

「コリンナさんは、何歳なのでしょう？」

その問いに、コリンナはみるみる真っ赤になった。

持っていた箒の柄を右手でぎゅっと握りしめ、そのまま固まってしまう。突然話しかけられて、緊張しているのか、怯《おび》えているのか、リーディアにはよく判らなかった。

「十二歳ですよ」

代わりに答えたのは、傍《そば》までやって来たヴァンダだ。

ルイも近くに来て、まじまじとコリンナを眺めている。

十二歳……とリーディアは眉を下げた。

カラの国の十二歳といえば、そろそろ親と一緒に異界へ行き、祓《はら》い屋の仕事を少しずつ覚え始めていくという年齢である。それなのにコリンナは、まるで幼子のように頼りなく見えた。背も低いし、痩せている。十歳のフキだって彼女よりは大きいだろう。

「わたくしは、リーディアと申します」

なるべく穏やかに言って笑いかけたが、コリンナは赤くなったまま、ぶわっと顔から汗を噴き出して動かない。

一生懸命ぱくぱくと口を動かしたが、そこからは「あ……う……」という声しか出てこなかった。

確かに、すらすらと言葉を出すのは難しいようだ。

……しかし、頑張って何かを喋《しゃべ》ろうとしている。

自分の中のものを、必死になって伝えようとしている。

だったらそこにはちゃんと「何か」が存在している、ということだ。何もないわけではない。

それは、この子の未来へと通じているものかもしれない。

「わたくし、以前は人形のように暮らしておりました。すべてを諦め、何もかも自分の中にしまい込み、考えることも放棄して。でも、コリンナさんは、わたくしとは違うのですね。あなたにはちゃんと、自分の意思も感情もある。わたくしはルイさまと出会ってようやく、人の心というものは自分が考えているよりも強い、ということを知りました。——コリンナさんにも、いつか素敵な出会いと幸運が訪れますように」

リーディアは、箒を持っていないほうのコリンナの手を取り、優しく開かせた。

その小さな掌《てのひら》に透明な石を載せて、きゅっと握らせる。

コリンナが目を丸くして、こちらを見返した。

「あー、コリンナだけにずるい！」

後ろから覗《のぞ》き込んでいた他の子どもが、唇を尖《とが》らせて文句を言う。

「聖女さま、コリンナに何をあげたの？」

「少しだけ、幸運の『お裾分け』です」

リーディアの返事に、その子も他の子どもたちも、一斉にずるいずるいと騒ぎ立てた。コリンナだけが良いものを与えられた、不公平だ、と思っているらしい。

予想外の成り行きに、リーディアは戸惑った。

「まあ、あんたたち、聖女さまに向かって――」

口々に不平を言い立てる子どもたちに向かって、腰に手を当てたヴァンダが怖い顔をしたが、それだけでは場が収まりそうにない。

ルイがそこに割って入って「判った判った」と両手を広げると、ようやく子どもたちの声が止まった。

「俺とリーディアはこれから、ここにいる気の強いお姉さんたちと一緒に、外に出かけることになってるんだ。そうしたらおまえらに、どっさり土産を買ってきてやるからさ。それでカンベンしてくれないか?」

彼は、相手が国王であろうと、大司教であろうと、子どもであろうと、自分の態度を変えることはない。気安い調子でそう言い、茶目っ気を混ぜて片目を瞑《つぶ》った。

ここにいる子どもたちはまだそれほど宗教にどっぷり浸《つ》かっていないためか、それともその提案がよほど魅力的だったためか、彼を恐れる様子も見せず、ぱっと目を輝かせた。

「ほんと!?」

「あたし、甘いものがいい!」

「僕も！　お肉でもいい！」

「やっぱりお菓子よ！」

子どもたちの願いは、ほぼ食べ物一択だった。コリンナの手にある小さな石のことなど、彼らの頭からはもう吹き飛んでしまったようだ。

「うん、じゃ、楽しみに待ってな」

軽く手を上げるルイに、子どもたちが一斉にきゃあっとはしゃいだ声を上げる。ぴょんぴょん飛び回って喜ぶ彼らに、ヴァンダが「こらっ、こんなところで騒ぐなんて不謹慎よ！」と叱りつけたが、それも耳に入っていないようだ。

「ちょっと、勝手な約束をしないでください！　この子たちは修行中の身なんですよ！」

怒りを込めて叫ぶヴァンダを、ルイは肩を竦《すく》めて受け流した。

「でも、まだ『見習い』なんでしょ？」

「一日の食事内容は厳しく決められているんです！　お菓子なんてとんでもない！」

「一年に二度しかない祭りの日に美味《おい》しいものを食べるくらい、神さまやクラーラさんだって許してくれるよ」

「や……やっぱり堕天使だわ……！　こうやって人の欲望を煽《あお》って誘惑し、悪の道へ引きずり込むのね……！」

ヴァンダは拳を握って打ち震え、天を仰いだ。

「――申し訳ありません、ルイさま。わたくしが考えなしなことをしたばかりに……」

リーディアはしゅんとして謝った。

特定の誰かに何かを与える行為は、その一人だけを優遇し、他を蔑《ないがし》ろにするということなのだと、子どもたちを見て気づいた。

選ばれなかった人たちは、選ばれた人を羨み、それを不公平だと感じて怒りを抱く。ルイが上手く宥《なだ》めてくれなければ、彼らの怒りはコリンナのほうへ向かっていたかもしれない。

リーディアの軽率な行動が新たな揉《も》め事《ごと》を引き起こし、コリンナに苦しみを背負わせるところだった。

「仕方ないさ。リーディアは人の『負の感情』ってものが、まだよく判らないんだろ？」

妬み、嫉《そね》み、恨み、憎しみ――箱の中で育ったリーディアは、人にそのような感情が「ある」ということを頭では理解していても、本当の意味で知っているわけではない。

そういうものに縁のないカラの国では、それでも問題なかった。だが、一旦外の世界に出ると、こんな形で無知が露呈して、やっぱり自分はどこか歪《いびつ》なのだと実感させられる。

ローザ・ラーザでも、それが原因でルイに大怪我《おおけが》をさせる羽目になったというのに。

「それがリーディアのいいところだよ。……さ、行こう」

ルイにぽんと背を押され、歩き出す。

大人しく足を動かしながら、リーディアは目を伏せた。

……そうなのだろうか。それは確実に自分の「足りない部分」なのに、補う努力もせずに放置しておいたら、また同じ失敗をこれから何度も繰り返してしまうだけなのではないだろうか。だったらずっと、リーディアという人間は、今と変わらず不完全なままだ。

「ところで、あの子に何をあげたの？」

「幸運の石です。カラの国で、行商人さんから……本当は、ルイさまに差し上げようと思っていたのですが」

「ははあ、行商人の品ね……いや、だったら俺よりあの女の子にあげたほうが、よほど有用だと思うよ」

ルイが自分の顎を撫《な》でて、意味ありげに言った。

「待ってください！　大体、お土産を買うなんて安請け合いして、あなたお金は持っているんですか!?」

まだ気の収まらないらしいヴァンダが、後ろから追ってきてルイを責め立てる。

「後払いで頼むよ」

「んまあ！」

ちらっと後ろを振り返ると、腹立たしそうに地団駄を踏むヴァンダと、掌で顔を覆うディルクの向こうに、握った手を見つめて立ったままのコリンナが見えた。

あの子はこれから、変われるだろうか。

大聖堂の中は静まり返っていた。

「……それでは、中央礼拝堂をご案内させていただきます」

ムスッとした顔で、ヴァンダが先導してくれる。彼女は少々感情的なところがあるが、それでも任された仕事を遂行することについては非常に真面目だった。

「よろしくお願いいたします」

リーディアがそう言うと、途端に気を良くしたようにパッと顔を明るくするのも、素直な人柄を感じさせる。ルイに対して敵愾心《てきがいしん》を剝《む》き出しにしないでくれたら、もう少し楽しく話ができるのだが。

「きっと、それくらい物事に一途《いちず》、ということなのでしょうね」

「ただ単純なだけじゃない？……いてっ！」

「申し訳ありません。そこに足があるとは思いませんで」

こそこそ話していたら、ルイが顔をしかめた。彼の足を踏みつけたディルクは、謝罪の言葉を出したものの、冷ややかな目が高い位置からこちらを見下ろしているので、大変威圧感がある。

「ここになきゃ、俺の足はどこにあるんだよ」

ルイはぶつくさ言ったが、ディルクは知らんぷりだ。彼はヴァンダのように直截《ちょくせつ》な言葉を投げつけてくることはないが、それでもやっぱり友好的とは言い難かった。

「……ルイさま、参りましょう」

リーディアはまたルイの足が踏まれないよう、自分のほうに腕を引いた。

広々とした礼拝堂には長椅子がずらりと並んでいたが、今は誰もおらず無人だ。

鏡の間よりも明るいのは、ステンドグラスの窓の数が多いからだろう。アーチ形の天井はあちらと比べてさらに高い。召喚陣の出口がこちらでなくてよかった、と胸を撫で下ろした。

「本日は聖クラーラの生誕祭なので、午後から礼拝が行われる予定となっています。領内の至るところから人が押し寄せて、この大きさでもぎゅうぎゅうになるくらいなんですよ」

どうやら大司教はその準備に忙殺されているらしい。

「てっきり私はその場で、聖女さまのご降臨を大々的に公表なさると思ったのですけど……」

ヴァンダは少し残念そうに肩を落とした。

「まだ、聖女さまのことは、領民に黙っているおつもりなのですって。こちらが落ち着いていないうちから公表してしまったら、あちこちに混乱をきたすからだそうです。私たちも固く口止めを誓わされました」

リーディアはひそかに安堵《あんど》した。実際自分は聖女ではないのに、そんなことを発表されても困ってしまう。

もしかしたら大司教は、昨日自分たちと話をしてから、考えを改めたのかもしれない。何も知らない判らない、という人物が本当に聖女なのかと、不審に思っても無理はないだろう。あちらはあちらで、「とりあえず様子見しよう」というつもりなのではないか。

「では聖女さま、まずはこちらから……」

ヴァンダはてきぱきと、礼拝堂内を案内した。

正面の壇上、さらにその奥の高祭壇に聖棺が祀《まつ》られ、身廊と翼廊が垂直に交わる場所には人の身長よりも高い巨大な燭台《しょくだい》が据えられている。ヴァンダはそこに飾られた絵画や石像についても、聖書の記述を交えて熱心に解説してくれたが、正直、リーディアにはちんぷんかんぷんだった。

ルイはさっきから欠伸《あくび》を噛み殺している。

「聖堂内の像は、すべて背中に翼が生えているようですが、それには意味があるのですか?」

それともこれらは「天使」と呼ばれる存在なのかな、と思いながら質問すると、ヴァンダは「え?」と不思議そうに首を傾《かし》げた。

「だってこれは、大昔の聖人たちの像ですもの。私たちの先祖も含め、人は昔、誰もが翼を持っていたでしょう?」

「え……そうなのですか?」

人間の先祖には翼があった、と聞いてリーディアは目を瞬いた。

自分の知識内にその情報はなかったので、当惑してルイのほうを見る。彼はこちらを向いて、小さく首を横に振った。

「時代が進むにつれ翼は退化していって、今では数枚程度の羽根しか残っていませんけど」

ん……？

「羽根……が、あるのですか。ヴァンダさんにも、ディルクさんにも？」

ぽかんとしながら訊《たず》ねると、ヴァンダのほうもきょとんとした。

「ひょっとして、聖女さまにはないのですか？　一枚も？　まあ、それだけ完全体ということなのかしら……はっ！　それでその堕天使も、黒い翼のない新種だと……」

とうとう突き止めた！　というように目を光らせたヴァンダは、後ろからディルクに口を塞がれて、もごもご唸《うな》りながらじたばたした。

「……ルイさまに、羽根は生えていませんでしたよね？」

こそっと囁《ささや》いたら、にやりとした笑いが返ってきた。

「俺の背中のことは、俺よりもリーディアのほうがよく知ってるでしょ」

「わたくしにはありまして？」

「ないね。腿《もも》の付け根の花形の痣《あざ》は確認済みだけど」

どうしても混ぜっ返さずにいられないらしいルイに、リーディアは「もういいです」と顔を赤くしてそっぽを向いた。生贄《いけにえ》時代ならともかく、すでに人妻となった現在、羞恥心くらいはある。

くすくす笑いながら、ルイが耳打ちした。

「ここは異界だよ。世界によって住人の外見も様々だって、リーディアはもう知ってるだろう？

ま、背中に羽根があるからって、それが大昔の翼の名残りかどうかは判らないけどね」

なるほど、と頷く。

ここはそういうところなのだ。カラの国がある世界とも、ローザ・ラーザ王国があった世界とも異なる場所。

ルイに尻尾があるように、ここに暮らす人々の背中には、当たり前のように羽根が生えている。

――しかし、リーディアにはやっぱり、ヴァンダやディルクやコリンナが「人ではない」と考えることはできなかった。


「それでは、外に参りましょうか」

礼拝堂内を一通り説明し終えて、ヴァンダが言った。

リーディアはちらっとルイに目をやってから、彼女のほうを向いた。

「その前に、『鏡の間』へ行きたいのですが、よろしいですか？」

「あら」

その言葉に、ヴァンダが軽く目を瞠《みは》った。大司教からの指示には含まれていないことなので、ちょっと迷うような顔をしたが、拒む理由も特にないと判断したらしかった。

「今日はそちらにも人がたくさん入りますので、まだ清掃している最中だと思うのですが、よろしいでしょうか」

「ええ、お邪魔にならないようにいたします」

『この件にあの大鏡が絡んでいるのはたぶん間違いないから、もう少ししっかり調べたい』と今朝ルイから言われていたリーディアは、ホッとして頷いた。

ヴァンダを先頭に、中央礼拝堂を出て鏡の間へと移動する。

だが、そこに到着する前に、静寂を切り裂くような悲鳴が響き渡った。

「えっ、なに⁉」

ヴァンダが棒立ちになり、素早く反応したディルクが「失礼」と駆けていく。ルイは「俺から離れないで」と鋭い声でリーディアに言うと、同じく鏡の間へ向かって走り出した。

開いていた扉から、ルイとともに中へと足を踏み入れる。

そこからすぐに室内の様子は見て取れたが、何が起きたのか……いや起きているのかは、よく判らなかった。

清掃道具を握りしめた数人の修道女たちが、揃《そろ》って真っ青になり、身を寄せ合って震えている。

彼女たちが視線を向けている方向にいるのは、別の若い修道女だ。そちらは手に何も持っておらず、大声で何かを罵っていた。

「ふざけんな！　皆してあたしを騙《だま》そうとして！　おまえらなんかに馬鹿にされてたまるもんか！　こんちくしょう、死ね！」

乱暴な言葉を連発しているが、それを誰に対して叫んでいるのかが判らない。彼女の目は自分の頭よりもずっと上の虚空に向けられており、そこには相手どころか何もないからだ。

しかもその視線は一定せず、あちらへ向けられたかと思うと、すぐにこちらへと向けられる。その間もずっと、彼女の口からは呪いの言葉が吐き出されていた。

実際そこに何者かがいるとしたら、彼女の怒りの対象は、ふわふわと空を舞っているということになる。

「ア……アグネス、どうしたの……」

ヴァンダはその光景を目にして、唖然《あぜん》とした顔で立ち竦んだ。

「彼女はいつもああいう感じ?」

ルイの質問に、とんでもない、とばかりに勢いよく首を横に振る。

「アグネスはとても内気で大人しい娘で、普段は小さな声で二言三言喋るくらいがやっと、という性格なんです。あんな風に怒鳴ったり……ましてや、あんな汚い言葉を出すような子じゃありません」

「なるほどね……」

ルイは考えるように顎に手をやった。

そして、ヴァンダには聞こえないくらいの小さな声で「……そういう抑圧されたタイプは、憑依《ひょうい》されやすいんだよなあ」と呟いた。

アグネスのもとに駆け寄っていったディルクが、彼女に声をかけている。しかしアグネスのほうはますます怒ったように叫ぶばかりで、手がつけられない。やむを得ずディルクが腕を摑《つか》むと、今度は甲高い悲鳴を上げ、手を振り回して暴れ始めた。

彼女の口から発せられる奇声は耳が痺《しび》れるくらいの高音で、鏡の間全体にキンキンと反響し、その場の空気を軋《きし》ませるようだった。

「大司教さまは!?」

耳を押さえながら、ヴァンダが他の修道女たちに向かって怒鳴る。青くなって怯えるだけで、この事態に何も対処できない彼女らは、泣きそうな顔で首を振った。

「さ、さっき、準備は進んでいるかってご様子を見に来られたのだけど、すぐ出て行ってしまわれて……大司教さまがいらした時は、アグネスはなんともなかったのに」

「じゃあ、まだ近くにおられるかもしれないのね!? 私、探してくる!」

ヴァンダはそう言うと、ぱっと身を翻し、つんのめるようにして走っていった。混乱しているのは他の修道女たちと同様だろうが、直ちに行動に移せるだけ、彼女は有能だ。

「ルイさま、憑依とは?」

周りに誰もいなくなってからリーディアが改めて訊ねると、こちらを向いたルイが「浮遊霊だよ」と今度ははっきり言った。

「浮遊霊?」

「うん。リーディアが怖がるかなと思って言わなかったんだけど、実はこの大聖堂、あちこちに浮遊霊がウロウロしてるんだよね。そのうちの一体が今、彼女に憑依してる」

ルイはなんとなく申し訳なさそうな顔をして打ち明けた。

リーディアはアグネスのほうを見てから、自分の周囲をきょろきょろと見回した。しかしやっぱり何もない。

「……わたくしには見えないようです」

「まあ、影蜘蛛《かげぐも》みたいなのが特殊なのであって、普通、霊ってのはあまり人の目に見えるものじゃないんだよ。このあたりにいるのは力も弱いやつばかりだし」

「ルイさまには見えるのですか」

「見えなきゃ、祓い屋なんてできないでしょ？」

「…………」

リーディアはこの時はじめて、カラの国の人たちが「血と能力を次代へと繋《つな》ぐこと」を使命としている意味を悟った。

たとえ自分のすぐ前で災いが起きていたとしても、そこに目に見えないものが関与していたら、普通の人にはどうすることもできない。食い止めるためには、見えないものが当たり前に見える、特殊な「目」が必要となる。

どんなに努力しても後天的には得られないその目と、対抗できる力を生まれつき備えているのが祓い屋一族、ということなのだ。

「もしかして、ここに来た時から霊の存在に気づいておられたのですか?」

「うん、まあ……いや、霊なんてのはどこにでもいるものだけどさ。やけに数が多いな、とは思ってた。だから、たぶんどこかに、霊を引きつけるものがあるんだろうなあ、と……」

黙っていたバツの悪さからか、曖昧に言葉を濁して目を逸《そ》らす。

リーディアは、昨日大司教に案内されて廊下を歩いていた時、ルイが「それにしても多いな」と呟いていたことを思い出した。

あれは、柱でも石像でもなく、この建物の中にいる浮遊霊のことを指していたのだ。

だとしたら、リーディアとルイの二人が見ていた景色は、最初からまったく違うものだったということか。

それに気づいて、かなり動揺した。

「ごめん、知らないほうがよかったかな」

ルイに心配そうに問いかけられて、ぐっと口を結んだリーディアはふるふると首を振った。

「いいえ……むしろ、はじめから知っておきたかったです」

「いや、目には見えないものが傍にいると聞いたら、気味が悪いかなと思って……」

それが彼なりの気遣いだということは判っている。しかしリーディアの胸は晴れなかった。

ルイと自分の間にどんなに頑張っても越えられない大きな壁があるという事実を、今になって突きつけられた気がした。急に彼が遠くに行ってしまったようで、心許《こころもと》ない気分に襲われる。

ぽん、と肩に手が置かれた。

「じゃあさ、リーディア、あれは見える？」

ルイが指で示す方角に顔を向ける。

アグネスはまだ大声を上げて手足を振り回していた。もう仕方がないと腹を括《くく》ったのか、ディルクが他の修道女たちに紐《ひも》か縄を用意するよう指示している。落ち着くまで拘束しておこう、と考えたのだろう。

ルイの指先は、彼らを飛び越えたその向こう、鏡の間の祭壇のほうに向かっていた。

聖クラーラの魂が入っているという言い伝えのある大鏡——美しく磨き上げられたその鏡は、室内での騒動を鮮明に映し出している。

鏡面にディルクが見えた。彼が大人しくさせようと奮闘しているアグネスの姿もある。その周りに白いものが……

「え？」

リーディアは目をしばたたいた。

実際のアグネスの周囲には何もない。しかし鏡の中では、彼女のその身体を白い靄《もや》のようなものが取り巻いている。雲よりも濃く、煙よりもおぼろげな、ぼんやりとした青白い何か。

「……ひょっとして、あれが浮遊霊、ですか？」

「そう。リーディアにも見えるってことはやっぱり、あの鏡は媒介としての力があるんだなあ。しかも、何か変なものまで付加されているような……」

ルイが鏡に視線を据えながら、考えるように首を捻《ひね》った。

白い靄は、アグネスにまとわりつくようにぐるぐると廻《まわ》ったり、彼女の身体を通過するように出たり入ったりを繰り返していた。そのたび、アグネスがけたたましい叫び声を上げる。

彼女のすぐ近くにいるディルクには、その靄がまるで見えていないようだ。リーディアだって、鏡の中でしかその存在を確認できない。

一点の曇りなく、くっきりとそこにあるものを映し出す大鏡は、人の目には見えないものまで明らかにしてしまうらしかった。

「では、大司教さまがおっしゃっていた『怪異』というのは……」

「十中八九、浮遊霊の仕業だろうね。憑依、騒霊、発火現象と揃い踏みだよ」

「……どうなさるのですか？」

原因も対処法も判っているルイなら、それらの怪異を解決することもできるはずだ。しかし今まで何も言わず、手も出さなかったということは、彼なりの考えがあったからだろう。

「うーん」

ルイは少し困ったように眉を寄せて、リーディアを見た。

「あのね、リーディア」

「はい」

「俺たち祓い屋は、基本的に、依頼がなければ仕事をしないんだ」

「依頼……それでしたら、大司教さまが」

と言いかけて口を噤《つぐ》んだ。

そういえば、「怪異をなんとかしてほしいのか」というルイの確認に、大司教はきっぱりと首を横に振ったではないか。

何かをする必要はない、と。

「依頼人がいないということは、報酬を出す人間がいないということ。俺は求められてここに来たのに、依頼を受ける前に動いたら、それは単なる奉仕活動、タダ働きだ。それは祓い屋としての信条と誇りに関わることだから、したくない。……判るかい？」

「はい……」

「それに、浮遊霊を祓うだけならあっという間だけど、今回の場合はそれじゃ根本的な解決にならない。祓っても、どうせまたすぐに集まってくるだろうし」

「ローザ・ラーザの王城のように、この大聖堂の建っている場所の条件がよくない、ということなのですか？」

「いやー、障壁を作ったら寄ってこなくなる、という問題でもなさそうなんだよなあ」

ルイはさっきから、奥歯に物が挟まったような言い方をしている。断定はできないが、何か思うところがある、ということなのだろうか。

「でしたら、アグネスさんも、あのまま……」

霊に憑依されて暴れているアグネスに目をやり、眉を下げた。

ルイの仕事の領分だからリーディアは口を出せないが、現在苦しんでいる人がすぐそこにいて、助けられる手段もあるのに、ただ見ていることしかできないというのは、あまりにも居たたまれない。

「そうだなあ。まあ、放っておいても体力が尽きればいずれ離れていくと思うけど、飯を食わせてもらったことだし、あれだけは追っ払ってやるか……ん？　ちょっと待った」

一歩を踏み出したところで、ルイが足を止めた。

彼がじっと見つめているのは、クラーラの鏡だ。今度は何事が起きたのかとリーディアもそちらに視線を向けて、はっと息を呑《の》んだ。

鏡の中で、アグネスの周りをうろうろしていた白い靄が、急に何かに摑まれたように、ぴたりと動きを止めたのだ。

もぞもぞと小さく動いて、ふわりとまた宙を漂い、次第にアグネスから離れていく。何かに引き寄せられているような動きだった。

鏡に映る白い靄がどんどん大きくなって……いや、あれはつまり、実際の浮遊霊が鏡のほうに向かっている、ということだろう。

まるで靄に覆われるように、鏡面が一瞬白く曇ったと思うと、すぐにまた元の輝きを取り戻した。

そこにはもう、靄の姿はない。

「……あれは、どういう……」

リーディアには何が起きたのかよく判らなかったが、ルイは呆気《あっけ》にとられていた。

「ウソだろ……あの鏡、霊を吸い込んだ」

浮遊霊から解放されたアグネスもまた、突然ぴたっと動きを止めた。叫ぶのもやめ、ぼうっとした顔になった彼女を、ディルクが怪訝《けげん》そうに覗き込む。

その途端、全身から力が抜けて、アグネスはその場にくずおれた。

「アグネス！」

ディルクと他の修道女たちが慌てふためいて抱き起こす。

彼らがそちらに気を取られてバタバタしている間に、ルイは厳しい表情で再び歩き出した。そのまま、まっすぐクラーラの鏡に向かっていく。リーディアも後ろからついていった。

昨日はあまりじっくりと見られなかったが、近くにまで寄ってみると、その鏡は驚くほど大きかった。リーディアの全長の半分くらいはあるだろうか。ただそこに鎮座しているだけなのに、不思議な雰囲気と存在感がある。

リーディアは奇妙なほどに強く、その鏡に引きつけられた。そこに映る自分の姿ではなく、眩《まぶ》しい光を反射して煌《きら》めく鏡面に心が摑まれる。胸がさわさわと疼《うず》くような変な感じがして、目が離せない。

どうしてだろう。

なんとなく、何かを訴えかけられているような――

「この鏡が、アグネスさんに憑依していた浮遊霊を吸い込んだのですか？」

リーディアが確認すると、ルイはじっと鏡を見ながら頷いた。鏡の中の彼も、難しい顔でこちらを見返している。

「これ……神器というより、アレだ……」

アレ？

「こいつも元凶の一つなんだろうな……くそ、なんでこう、めんどくさそうなものばっかり重なってるんだ……？」

ルイはイヤそうに口を曲げた。

しかし、その「めんどくさそうなもの」について、説明をしてくれるつもりはなさそうだというのは感じ取った。ため息を呑み込んで、リーディアは再び鏡と向き合う。

心配させまいとしているのか、それとも話しても理解できないだろうと思われているのか。

どちらにしろ、リーディアは彼の手助けもできなければ、役に立つようなこともできない、ということだ。

まだ自分自身のことだって完璧にこなせるとはお世辞にも言えないリーディアだから、それも無理はないのだけど……

　ふ、と小さく息を吐いて、そっと鏡の外枠に触れた。

「……あなたの声が聞けたらいいのに」

　そうすれば、自分たちがここに呼ばれた理由なんてすぐ判る。訴えたいことがあれば、ちゃんと聞いてあげられる。

　リーディアにできることだって、見つかるかもしれない。

「なんと……これは一体、何事だね？」

　その時、扉から慌てた様子の大司教と、息を切らせたヴァンダが入ってきて、リーディアたちはその場から離れた。

　一瞬、クラーラの鏡がきらりと輝きを放ったように見えたが、上から降り注ぐステンドグラスの光のせいだろうと思い直した。


　アグネスはただ気を失っただけのようだった。外傷もないし、今は穏やかな寝息を立てている。

　事の一部始終を見ていた修道女たちは心配そうにしていたが、彼女らから話を聞いただけの大司教の心には今ひとつ響かなかったのか、特に驚いた顔もせず、「このまま休ませておけば大丈夫だろう」という判断を下した。

「お恥ずかしいお話ですが、修道女というのはたまに、こういった症状が現れることがあるのです。突然人が変わったように叫んだり、暴れたり。ヒステリー、というのでしょうか」

「……まあ、そうかもしれないね」

ルイは曖昧な返事をした。

「私は、これも神より与えられる試練の一つと考えております。荒ぶる魂に支配されそうになっても、精神を鎮め、心を強く持ち、神の声に耳を傾けて、邪まなるものを追い払わねばなりません」

「うん……大体合ってる」

少し複雑そうに頷いているのは、「霊に憑依された場合の対策としても、間違ってはいない」ということらしい。

ヴァンダをはじめとした修道女たちは、心服したように両手を組んで、「さすが大司教さま」と頭を下げた。

無口なディルクは何も言わず、ただ顔を伏せている。

「このようなところをお目にかけてしまって、申し訳ございませんでした。さあ、聖女さま方は、どうぞお出かけください。……おお、そうでした。もしかして必要になることもあるかもしれませんので、こちらを」

そう言いながら、大司教が祭服の下から取り出したのは、小さめの革袋だった。ルイの掌に載せられた時、じゃらんと金属が触れ合う音がする。

「助かるよ、ありがとう」

中を見なくても何が入っているのか判ったのか、ルイは大司教に礼を言った。

ヴァンダはどこか不満げにむうっと口角を下げて、鼻を鳴らした。

＊＊＊

大聖堂の正面扉から外に出ると、眩しい陽射《ひざ》しが照りつけていた。

今まで建物の中にいたため、目がちかちかする。反射が収まると、眼前には見たことのない景色が広がっていて、リーディアは思わずその場で立ち止まった。

縦と横にまっすぐ延びる道の両側に、二階建てや三階建ての石造りの住居が並んでいる。建物と建物の間は、人が通れるくらいの狭い路地があるだけだ。

それらの密集した建物は、視界の先までずっと続いているようだった。

そして道には、多くの人。

ざわざわした喧騒《けんそう》の中には、明るい笑い声や、子どもの泣き声なども交じっている。彼らから発される熱と、様々な匂いが、むわっと空気中に立ち込めていた。

リーディアは、こんなにもたくさんの建物と、たくさんの人間を見たことがない。ローザ・ラーザはもちろん、カラの国でも、これほど雑多なものが入り交じる光景はなかった。

多種多様な色、音、匂いが一気に押し寄せてくるようで、五感と頭が追いつかない。くらくらと眩暈《めまい》がする。

無意識に隣にいたルイの手を握っていたようで、ぎゅっと握り返された。その力強さに、はっと目が覚めたような気分になる。

「……大丈夫？」

「は、はい」

「リーディアは『街』を見るのははじめてだもんなあ。人いきれで酔ったり、気分が悪くなったりしなきゃいいんだけど。つらくなったら、すぐに言って」

「はい」

「まあ、聖女さまはやっぱり、清浄な場所でないといけないのですね。何かありましたらすぐお申しつけください。穢《けが》れに触れないよう、私とディルクがきちんとお守りいたしますので」

「……あ、ありがとうございます」

ルイとはちょっと意味が違うが、ヴァンダも本気で心配してくれているようだ。

リーディアはきゅっと口元を引き締めて、足を踏み出した。

いつまでも外を恐れてはいられない。

十七年という年月を過ごしたあの離れから出た時に比べれば、ずっと楽なはず。

……それに、すぐ傍に自分を導いてくれる手があるのは同じだ。

「ルイさま、このまま握っていてもらってもよろしいですか?」

「もちろん」

すぐに返事をして、ルイはニコッと笑った。

「リーディア、楽しもう。俺は君と街中デートできるのが、嬉《うれ》しくてしょうがないんだ。どうせなら、普段はできないことをたくさんしてみよう」

その言葉を聞いて、緊張で固くなっていたリーディアの心が、すうっと軽くなった。彼はいつもこうして、明るい方向へと自分を引っ張ってくれる。

ルイのこういうところが、本当に好きだ。

「――はい。わたくしも、嬉しいです」

リーディアが微笑んで答えると、すぐ後ろでヴァンダとディルクの二人が、

「……やっぱり口が上手いわ」

「そこは同感だ」

とぼそぼそ囁き合った。

なぜか、いつもは無表情のディルクまでが、不機嫌そうに眉を寄せている。

「言っておくけど、俺は自分の気持ちを正直に口に出してるだけだからね。言葉にしないと伝わらないものってのは、世の中に溢《あふ》れるほどある。俺はそんなことで後悔したくないと思ってるだけさ。沈黙は決して美徳ばかりじゃないよ、お二人さん」

ルイの反論に、二人は押し黙って下を向いた。

かけられた言葉の何かが、彼らの胸をまっすぐ衝《つ》いたらしい。

「じゃあ行こうか。人の流れに乗って進めば何か面白いものがあるだろう」

「ま、また勝手に……お待ちください！」

「あ、もしもはぐれたら、その時はそれぞれ大聖堂に戻るってことで」

ルイにとってもここははじめての場所だろうに、リーディアの手を引いてさっさと歩き出す彼の行動には、迷いも遅滞もなかった。慌ててその後をヴァンダとディルクが追いかけてくる。

人の波をかき分けるようにして歩くというのは、慣れないリーディアには少し難しかった。ひょいひょいと身軽に避けていくルイに、一生懸命ついていくしかない。

聖堂内では誰もがリーディアたちを気にかけつつ遠巻きにしている感じがしたが、外の人々は打って変わって無関心だった。皆、お喋りや他のことに夢中で、こちらを見もしないのだ。

ローザ・ラーザでも、カラの国でも、ある意味リーディアは行動の一つ一つを注目される立場であったので、不思議な気分になる。

「ルイさま、なんだかわたくし、自分が透明になったような気がいたします」

「ははっ、そりゃいいや。リーディアが透明になっても、俺は見つけ出してみせるけどね」

ルイは自信満々に言いきった。確かに、浮遊霊さえ見える彼なら、リーディアが透明になったところであまり意味はなさそうだ。

「違うから。それは『愛の力』ってやつだから」

リーディアが納得したら、断固として訂正された。

「そうなのですか、ルイさまは霊に対しても愛が……」

「違うから！」

そんなことを話しながら歩いていると、どこからか音楽が聞こえてきた。

「楽隊ですよ。この先の広場で演奏しているんです。そちらはこのあたりよりも人が多いですが、行ってみますか？」

ヴァンダの提案に、少し迷ってから頷く。さらに人が増えて大丈夫だろうかという不安はあるが、それよりも「演奏」という言葉に惹《ひ》かれた。

「リーディアは音楽が好きだからね」

「だって、カラの国に行くまで、どんなものかも知りませんでしたから」

ローザ・ラーザにいた頃は、楽器を直《じか》に見たことも触れたこともなかったし、歌というものも聞いたことがなかった。カラの国で音を奏でること、歌うことを教えてもらってから、リーディアはすっかりその魅力の虜《とりこ》になった。

「俺はリーディアの歌を聞くのがなにより好きなんだ」

「わたくしもルイさまの歌をお聞きしてみたいです」

「それはヤダ」

オーバーラップ5月の新刊情報

発売日 2024年5月25日

オーバーラップ文庫

断罪された転生聖女は、悪役令嬢の道を行く!①	著:月島秀一 イラスト:へりがる
骨姫ロザリー 1.死者の力を引き継ぐ最強少女、正体を隠して魔導学園に入学する	著:朧丸 イラスト:みきさい
学生結婚した相手は不器用カワイイ遊牧民族の姫でした2	著:どぜう丸 イラスト:成海七海
弱小国家の英雄王子2 〜最強の魔術師だけど、さっさと国出て自由に生きてぇぇ!〜	著:楓原こうた イラスト:トモゼロ
ネットの『推し』とリアルの『推し』が隣に引っ越してきた3	著:遥 透子 イラスト:秋乃える
貞操逆転世界の童貞辺境領主騎士4	著:道造 イラスト:めろん22
エロゲ転生 運命に抗う金豚貴族の奮闘記6	著:名無しの権兵衛 イラスト:星夕
本能寺から始める信長との天下統一11	著:常陸之介寛浩 イラスト:茨乃
灰と幻想のグリムガル level.21 光と闇を切り裂いて征け	著:十文字 青 イラスト:白井鋭利

オーバーラップノベルス

宮廷魔導師、追放される3 〜無能だと追い出された最巧の魔導師は、部下を引き連れて冒険者クランを始めるようです〜	著:しんこせい イラスト:ろこ
サモナーさんが行くⅨ	著:ロッド イラスト:鍋島テツヒロ

オーバーラップノベルスf

死に戻り花嫁は欲しい物のために、残虐王太子に溺愛されて悪役夫妻になります!① 〜初めまして、裏切り者の旦那さま〜	著:雨川透子 イラスト:藤村ゆかこ
生贄姫の幸福2 〜孤独な贄の少女は、魔物の王の花嫁となる〜	著:雨咲はな イラスト:榊 空也
勘違い結婚3 偽りの花嫁のはずが、なぜか竜王陛下に溺愛されてます!?	著:森下りんご イラスト:m/g
侯爵家の次女は姿を隠す3 〜家族に忘れられた元令嬢は、薬師となってスローライフを謳歌する〜	著:中村 猫 イラスト:コユコム

[最新情報は公式X(Twitter)&LINE公式アカウントをCHECK!]

@OVL_BUNKO　LINE オーバーラップで検索

2405 B/N

大体どんなことでもそつなくこなせるルイは、唯一、歌だけは大の苦手であるという。ルイの両親からも、祖父からも、「あいつの歌だけはやめておけ」と真顔で止められた。これぱかりは、リーディアがどんなに頼んでも聞いてもらえない。

「お、リーディア見て、この先に出店がある」

ルイが前方を指し示す。

そちらに顔を向けると、両側の建物の前に大きな台のようなものがずらりと並べられていた。台の上には品物が置かれていて、それらを眺めているのか人だかりができている。

香ばしい匂いも漂ってくるので、その中には食べ物もあるようだ。

「行商人さんがたくさんいらっしゃるような感じなのでしょうか」

「ああ、そうだね」

「でも皆さん、顔は隠していないようですが……」

「アレを基準にして考えるのはやめよう、リーディア」

ふと見ると、ヴァンダがそわそわして出店のほうを気にしていた。十年前修道院に引き取られたということだったし、彼女もこういうものに縁がなかったのかもしれない。

リーディアとは少し違うが、ヴァンダもまた「箱の中」で育ったということだ。

「ヴァンダさんたちも、今日は楽しみませんか?」

そう言うと、ヴァンダは「そ、そういうわけには!」とムキになって手を振った。

「大司教さまがお許しをくださったのですから、いいのではないでしょうか」

「いえっ、私は聖女さまのご案内役として……」

「では、こちらのことを何も知らないわたくしに、いろいろ教えてください。出店では、どんなものが売られているのか、とても興味があるのです」

ヴァンダは戸惑ったようにリーディアを見て、それからディルクのほうを振り返った。

その様子を見ていたディルクが、ごほんと咳払《せきばら》いをする。

「……一緒に見て廻って差し上げたらどうだ。出店では、この領の特産品も多く売られている。それを聖女さまにご紹介するのもおまえの役目だろう」

そう言われて、ヴァンダがぱっと頬を紅潮させた。

「そ、そうね、確かにそうかもしれないわ。でも私も子どもの頃の記憶があるだけだから、ちゃんと上手く説明できるかどうか……ちょっとお待ちくださいまし。先に行って、どんなものがあるか確認してまいります！」

上擦った声でそう言うや、弾むような足取りで人混みの中に突進していく。

やれやれというように息を吐きながらその後ろ姿を見送ったディルクが、リーディアのほうを向いて頭を下げた。

「――ご厚意、ありがとうございます。他の修道士や修道女は、こんな時こっそり外に出て息を抜いたりするのですが、ヴァンダはあのとおり頭が固い上に、真面目すぎるところがあるもので」

「ディルクさんはどうなのですか？」

「俺は、さほどこういうものに関心がないですし……十三の齢《とし》までは普通に親と来たこともあります。でもあいつは八歳で親と死に別れているから、そういう思い出も少なくて」

口を動かしながら、ディルクの目は、人にもみくちゃにされているヴァンダの姿をじっと追っていた。少しでも目を離したら、潰されてしまうのではないかと心配しているようだ。

熱心にあちこちの出店を見比べている彼女の横顔を見て、いつもほとんど表情の変わらないディルクの口角が柔らかく上がる。

「……ヴァンダさんが透明になっても、ディルクさんは見つけ出しそうですね」

そう囁くと、ルイは噴き出した。


それから四人で多くの出店を見て廻った。

並べられている品物は様々で、雑貨や食器や装飾品、野菜なども売られていた。食べ物を売る店の中には、大きな肉を焼いて少しずつ切り分けたり、とろりとした飴《あめ》状のものを棒に巻きつけたりしているところもあって、ヴァンダと二人して見入ってしまった。

ルイはいくつかの出店の店主と二言三言会話を交わしただけで、こちらの貨幣価値や値段の基準を大体把握してしまったようだ。大司教から渡された革袋の中を覗いて、ふんふんと頷いた。

「リーディア、これがここの銅貨だよ」

と、小さな円形の硬貨を掌の上に載せてくれる。

「出店に出ている品は、高くてもこの銅貨三枚以内で買えるものばかりみたいだ。欲しいものがあれば自分で買ってごらん」

「はい……」

リーディアは答えて、首を傾けた。

今度こそ代金を支払う買い物ができるわけだが、何を買えばいいのか判らないという点では、行商人の時と変わらない。

少し考えてから、結論を出した。

「では、修道院で待っている子どもたちへのお土産を選びましょう」

「え、それでいいの？　リーディアは欲しいものは何もないのかい？」

「わたくしは、ルイさまの他に欲しいものはないようです」

「もー、またそんな、さらっと俺を口説いて……」

ルイが顔を両手で覆い、耳を赤くして悶《もだ》えている。マントの腰部分がふわっと浮き上がり、バタバタと勢いよく揺れて、ヴァンダが「ちょっ、尻尾！　尻尾を振らないで！」と気が気ではない様子で注意した。

「ヴァンダさん、子どもが喜びそうな食べ物はどれですか？」

「えっ？　あ、そうですね……うーん、子どもが喜ぶもの……」

「ロロニカのパイはどうだ？　おまえ、子どもの頃好きだったと言っていただろう」

ディルクに助言をされて、ヴァンダの頬も赤く染まった。

「よく覚えていたわね……いえ、でも、聖女さまは私の好物をお知りになりたいわけじゃないんだから」

「ヴァンダさんが子どもの頃好きだった食べ物ですか？　だったら、お土産としてぴったりではないですか。ロロニカというのは？」

「この領の昔からの特産品で、指の上に載るくらいの、小さな赤い果実なんです。それをクリームと混ぜてパイに詰めるのですが……」

「それは美味しそうですね」

というわけで、早速ロロニカのパイを売っている店を見つけて、買い求めることにした。

丸い形のパイは一口でも食べられるくらいの、小ぶりなものだった。皿形の生地に卵色のクリームがこんもりと盛られて、中に艶々としたロロニカの実の赤が覗いている。

まずは四つ買って、自分たちで味を見てみようということになったのだが、それに対してはヴァンダが頑《かたく》なに抵抗した。

「私は修行中の身ですので、こういったものは食べられません」

「でも、昔と同じ味なのか確認していただきませんと」

「リーディアの侍女なんでしょ？　だったらこれは毒見だね」

「聖女さまのご命令だぞ、ヴァンダ」

「ディルク、あんたまで！」

結局、三人がかりで言いくるめられて、ヴァンダは観念したらしい。

そうっとロロニカのパイを口に入れた。

シャクシャクと音をさせながら、黙って咀嚼《そしゃく》する。ごくんと飲み込んでから、そのまま動きを止めた。

少しぼんやりと視線を彷徨《さまよ》わせたヴァンダが、いきなりぽろっと涙をこぼしたので、リーディアはびっくりした。

「ど……どうしました？　すみません、そんなにイヤでしたか？」

おろおろしながら問いかけると、勢いよく首を横に振った。

「いいえ……いいえ、聖女さま。違うんです。懐かしい味がして……あまりにも懐かしくて、子どもの頃のことを思い出してしまって」

過去の記憶が蘇《よみがえ》ってつらいのかと思ったが、ヴァンダは涙を落としながらも、晴れ晴れとした顔で笑った。

「久しぶりに両親のことを思い出しました。味覚って、意外と記憶に密接に繋がっているものですね。一緒にパイを食べた時の父の顔、母の笑い声、三人で交わした会話が、鮮やかに頭に浮かんだんです。あの頃、私は本当に、毎日が楽しくて幸せだったなあと……ありがとうございます、聖女さま。今夜はいい夢が見られそうです」

ヴァンダは本当に嬉しそうな、穏やかな顔をしていた。

ディルクはそんな彼女を見て、どこかが痛むように表情を歪《ゆが》めた。手で胸を押さえているから、痛むのはきっとその場所なのだろう。

「子どもの頃の楽しくて幸せな記憶」というものを一つも持たないリーディアは、ヴァンダにもディルクにもかける言葉が見つからない。どうしてヴァンダが笑えるのか、ディルクの胸が痛むのか、二人の心情を理解するには、自分にはまだ足りないものが多すぎる気がした。

余計なことは言わないことにして、手に持っていたパイを自分も口に入れる。

前日に食べた酸っぱい青い実のことを思い出して少し警戒したのだが、それはまったくの杞憂《きゆう》だった。

「……まあ、美味しい」

ロロニカは、キコの実によく似た味がした。ほんの少しだけ酸味が強めだが、キコよりも味が濃厚だ。甘いクリームを入れたパイと一緒に食べると、驚くほど相性がいい。とろりとしたクリーム、サクサクしたパイの食感ともよく合っていて、なるほどこれは一口で食べないと意味がないのだなと納得できた。

「ルイさま、わたくし、また一つ『好きなもの』ができました！」

意気込んで報告したら、ルイが「それはよかった」と笑った。

とはいえこれも異界のもので、しかもロロニカはこの領の特産品だというのだから、カラの国に帰ったらもう味わうことはできなそうだ。

「では、これをお土産ということにしましょう」

革袋に入っている残りのお金を数え、いくつ買えば修道院の子どもたち全員にパイが行き渡るか四人で相談していたら、店主が声をかけてきた。

「大聖堂の孤児たちにあげる分を買おうとしているのかい？　だったら俺が、包んだやつを届けてやろうか？」

「いいのですか？」

「ああ、どうせ後で礼拝に行くつもりだったからね。いやあ、でも子どもたちが喜ぶだろうね。あそこの食事はだいぶ貧相だというから、育ち盛りの子たちにはキツいだろうと女房ともよく話していたんだ。あの子たちに、たまには美味しいものを食べさせておやりって、大司教さまが言ってくださったんだろう？」

「うん、そうだよ」

あっさり答えたルイに、ヴァンダが驚いたように目を見開く。お金は大司教が出したものなので、大きく言えば嘘《うそ》ではない。

店主は「そうだろう、そうだろう」と何度も頷いた。

「なにしろお優しい方だからなあ。しかも清廉で、高潔なお人柄だ。あんたたち、旅の人だよね？　あのね、大聖堂があれほど豪華だから誤解されがちだが、この領は決して豊かなわけじゃないんだ。むしろ貧しいくらいだよ。それで大司教さまは数年前、シリンという植物について教えてくださすってね」

「シリン？」

ルイが問い返すと、店主は「そこら中で栽培してるから、このあたりを歩いていればイヤでも目に入るよ」と笑った。

しみじみとした口調になって、息を吐く。

「学のない俺らはよく知らないが、シリンは貴重な薬の原料になるらしくて、かなり高値で取引されるものなんだとさ。シリンの栽培でこの領はずいぶん潤うようになって、今じゃここの特産品は、ロロニカからシリンに取って代わったくらいだ。それなのに大司教さまが住んでいる館は、俺たちの家とそう変わらないくらい質素なんだよ。決して驕《おご》らず、贅沢《ぜいたく》もせず、民のことを第一に考えてくださる。俺たち領民は皆、あの方に感謝しているし、尊敬してるんだ」

「そうだろうねえ」

ルイは調子よく相槌《あいづち》を打って、リーディアに目で合図した。

革袋から出したお金を手渡すと、店主は「大司教さまからの頼みだ。たっぷり数を上乗せして入れておくからね」と請け負った。きっと子どもたちも喜んでくれるだろう。

それから広場へと向かったが、そこはさらに賑やかだった。

楽団が奏でる音色に合わせ、たくさんの男女が一組になり、手を取り合って踊っている。

流れている音楽は、陽気で、軽快で、聞いているほうの心がぽんぽんと弾んでくるようなものだった。弦楽器を鳴らしている人たちも楽しそうだが、それに合わせて踊る人々は、もっと楽しそうだ。

「リーディア、あの中に入ってみない？」

ルイに言われて、リーディアはとんでもないと首を振った。

「わたくし、ダンスなんてしたことがありません」

「ダンスってほどじゃないよ。こういうのはただお祭り気分を味わえばいいんだから。絶望的に音痴な俺でも大丈夫。ほら、行こう！」

その言葉に背中を押されるようにして、リーディアはおずおずと前に足を踏み出した。

後ろを振り返ると、ヴァンダとディルクが、「しょうがない」というような諦めた表情をして立っている。

「どうぞ、いってらっしゃいまし。私たちはここでお待ちしております」

もうあれこれ文句を言うのはやめたらしい。

リーディアとルイが人々の中に交じると、周りは快く場所を空けてくれた。

「ほら、手を出して」

「は、はい……」

差し出された手に、自分の手を戸惑いがちに重ねたら、ぎゅっと握られた。もう片手が腰に廻されれ、いきなりくるっと回転する。

「きゃ」

よろけて崩れた体勢を立て直す間もなく、両手を取られて引っ張られた。思わずしがみつくような形になったところで、ルイにふわりと抱き上げられる。

「相変わらずリーディアは軽いなあ」

と言いながら、リーディアを抱いたまま、くるくると廻り出した。

周囲の人々が笑って冷やかしの声を上げる。

「ルイさま、これはダンスではないのでは？」

「そう？　俺は踊ってるけど。じゃあ、リーディアも踊らせてあげる」

ルイは涼しい顔でリーディアを下ろすと、また手を取って、ぐっと自分のほうへと抱き寄せた。

ぴったり身体が密着し、かと思ったらすぐに手を離され、反動で後ろに倒れかかって背中が弓なりになったところを、しっかりと腕で支えられる。

再び軽々とリーディアの身体を持ち上げてまっすぐ立たせると、ルイが握った片手を高く上げた。

その動作で彼の意図を感じ取り、今度は自分でくるりと回転した。銀の髪が風になびいて流れ、スカートの裾が丸く舞い上がる。

今度は周りからわっと喝采が上がった。

目立つ二人のために、張りきった楽団がどんどん音楽のテンポを速めていく。他の人たちの動きも負けじと大きくなり、会場全体が高揚に包まれていった。

「どう？　楽しい？」

「た――楽しいです」

翻弄されて、ちょっと目が廻りそうだけれど。

でも、楽しい。

軽やかな音楽が流れる中、大勢の人々の熱気に交じり、息を弾ませ夢中で手足を動かす自分がいて、すぐ近くではルイが目を細めている。

ここには、迸《ほとばし》る生の息吹があり、のびやかな自由があり、溢れるほどの愛情がある。

自然と、明るい笑い声が口からこぼれた。

「……リーディア」

ルイに耳元で小さく名を呼ばれた。

「はい」

「抜け出すよ」

「えっ？」

きょとんとして聞き返した時にはもう、ルイはリーディアの手を引き、踊りの輪の中からするっと抜けていた。ヴァンダたちのところに戻るのかと思ったら、彼はそのまま早足で、反対側へと向かっていく。

人波の向こうに、自分たちを見失ってきょろきょろするヴァンダとディルクが見えた。

「ルイさま？」

「デートってのは、二人きりでするものだよ、リーディア」

イタズラが成功した子どものような顔で、ルイが笑った。

＊＊＊

「広場へ歩いていく途中で、見晴らしのよさそうな場所を見つけたんだ」

どうやらこれは事前に計画していたものだったらしい。

ルイはするすると人を避けながら、出店が並んでいる道を通り、建物の間の路地に入っていった。

その路地を過ぎて、また新たな路地を通る、ということをしていたら、いつの間にかあんなにもたくさんいた通行人たちの姿はぱったりと見えなくなった。騒めきも遠くなり、静かで落ち着いた空気に包まれる。

最後の路地を抜けると、急に視界が開けた。

緑で囲まれた高台は、住人たちもよく行き来をするのか、石の階段が造られている。

「ここを上っていくと、たぶん街の様子が一望できるよ」

階段をゆっくり上がっていくと、ほどなくして平坦《へいたん》な頂上に出た。休息所として使用されているらしく、ベンチと石像が設置されている。普段は子どもや恋人たちが来るのかもしれないが、今日は祭りだからか誰の姿もなかった。

「まあ……本当ですね、よく見える」

その場所からは、さっきまで自分たちがいた広場の全体が把握できた。かすかに風に乗って音楽が流れてくる。踊る人々は、まるでネジで動く小さな玩具のようだった。

こうして高いところから眺めてみると、建物は通りに沿って密集しているが、それ以外はまばらなのだということが判った。

空いた場所を埋めるようにして、畑が作られている。そこで育てられているのは、背が高くひょろりとした緑の植物ばかりのようだ。

「あれがもう一つの特産品だという、シリンかな」

ルイが目を眇《すが》めて呟いた。

店主が言っていたように、あちこちに同じものが見える。それだけ力を入れて栽培されているということなのだろう。

カラの国の美しさとは違うが、これもまた平和で穏やかな光景に違いない。

「あーあ」

ルイが残念そうにため息をついて、肩を落とす。

「新婚旅行は、もっとロマンチックなところにしたかった……」

未《いま》だ事態の詳細が判っていないのに、そんなことでガッカリしているのかと、リーディアは軽く噴き出した。そもそもこれを「新婚旅行」と捉える、その発想力のほうが驚きだ。

「わたくしは、ルイさまと一緒ならどこでも嬉しいです」

それはまごうことなくリーディアの本心である。ローザ・ラーザ王国でも、カラの国でも、この大司教領でも。

ルイと一緒ならどこにでも行けるし、どこでも幸せだと思える。

……もしかして、自分のこういうところがあの召喚陣に影響を与え、この場所までついてくることになってしまったのではないかと心配になるほどに。

「えっ、リーディア、そんなこと考えてたの？」

ぽろりとその内心を吐露すると、ルイは大きく目を瞠った。

「いや、俺と一緒にいたいというその気持ちはすごく嬉しいけど、今回のことはそれとは関係ないよ。むしろ君をこうして巻き込むことになったのは、俺の力不足のせいだ」

リーディアは視線を落とした。

「……わたくしはルイさまの足手まといになっておりませんでしょうか」

「リーディアをそんな風に思ったことは、一度もない」

ルイは真顔になって、きっぱりと言いきった。

その言葉に嘘はないのだろう。しかし今回、ルイがリーディアのことを最優先にして動いている、というのはなんとなく感じている。すでに何かを掴んでいるらしいのに、それを明らかにしないのは、そのあたりに理由があるのだろうということも。

リーディアがいなければ、ルイはもうさっさと解決に向けて行動していたのではないだろうか。目隠しをされ、手の中に大事に囲われているだけのこの状態を、「足手まとい」と表現しなければ、なんと呼ぶのだろう。

目の前には異界の景色が広がっている。でもそれでさえ、自分の見ているものと、ルイに見えているものは、同じであるとは限らない。

胸に込み上げるこの感情の名前を、リーディアはもう知っている。

――「寂しい」だ。

「リーディア?」

口を噤んだリーディアの顔を、ルイが覗き込んでくる。彼らしくもない、少し不安げな表情だった。

「……わたくし、これからもルイさまといろいろなものを見たいです」

眼下の景色に目をやりながら、小さな声で言った。

二人でずっと、同じものを見ていたい。

けれど、自分が近くにいることで、ルイが足を止めたり前に進むことを躊躇《ちゅうちょ》したりすることは、あってはならないと思う。

——その望みを両方とも叶《かな》えるために必要なものは、なんだろう？

ルイがリーディアの左手を取り、両手で包み込むように握った。自分も顔を上げ、彼のほうを向く。

二つの黒水晶の指輪がほのかに光を放った。

「俺もだよ。リーディアにたくさんのものを見せたいし、たくさんの思い出を作ってほしい。これまでできなかったこと、やれなかったことを、片っ端から経験してほしいんだ」

ヴァンダのような「楽しくて幸せな過去の記憶」はなくても、これからどんどん新しい記憶を積み重ねていけるように。

ルイは静かな声でそう言った。

「まだまだこれから、長い時間をともに進んでいこう」

「はい……」

そっと彼の肩に顔を埋《うず》めると、腰に腕を廻された。

小さな声で再び名を呼ばれ、ルイの顔が近づいてくる。

目を閉じれば、軽く触れるくらいに優しく二人の唇が重なった。

まるで、結婚式の時の口づけのように。

彼の両腕が身体に廻り、抱きしめられた。頭がリーディアの肩に載せられて、強く押しつけられる。癖のある黒髪に首元をくすぐられ、小さく震えてわずかに身を捩《よじ》った。

「リーディア、最近仕草が色っぽくなったね」

耳元で囁かれると、呼気がかかってさらにくすぐったい。少し距離を取ろうとしたら、腕に力がこもって阻止された。ルイが首筋に顔を寄せて、切なげな細い息をゆっくりと吐き出す。

それが寝室で聞くようなものだったので、リーディアは途端に落ち着かなくなった。

頬に熱が集まってくる。

「リーディアの匂いは甘いね。俺はロロニカよりも、こっちのほうを食べたい」

「ローザ・ラーザでは、わたくしがどんなに頼んでも、そんなこと言ってくださらなかったではありませんか」

「そっちの『食べたい』じゃない。判ってるくせに」

拗《す》ねたように言って、耳たぶにするっと唇を這《は》わせる。思わず短い声を上げたら、「可愛《かわい》い声」とくすくす笑って、さらにぎゅうぎゅう抱きしめられた。

「あーあ……」

リーディアにべったりとくっついたルイが、再び残念そうなため息をつく。

また「もっとロマンチックな場所がよかった」と言うのかと思ったら、

「早くカラの国に帰って、ベッドの上で思う存分イチャイチャしてえー」

と、低い声で唸るように言った。

「……そうですね、早めに帰れるとよろしいですね……」

カラの国に帰ったら、「ロマンチック」という言葉の意味をよく調べてみよう、とリーディアは思った。


しばらく二人きりの甘やかな時間を満喫してから広場に戻ると、ヴァンダとディルクは血相を変えてリーディアたちを探し回っていた。

「聖女さま！　まあ、どちらにいらしたのですか、心配したのですよ！　気がついたら見えなくなって、てっきりどこかに迷い込んでしまわれたのかと……」

「申し訳ありません」

リーディアは平身低頭で謝ったが、ルイはヴァンダの小言をどこ吹く風で聞き流していた。

「もしもはぐれたら、大聖堂に戻ればいいって、最初に言っておいたじゃないか」

「ぬけぬけと……絶対わざとだろう。はじめから、我々の目を盗んで姿をくらますつもりだったんだな？」

あまり感情を外に出すことのないディルクも、眉を吊《つ》り上げている。

「まあまあ。あんたたちも二人の時間があったほうがいいと思って、気を遣ったつもりなんだけどな。余計なことだった？」

「なっ……」

ディルクの顔が赤く染まった。だが、すぐに剣呑《けんのん》な目つきになると、修道服の下にある剣に手を伸ばしかけた。

「ちょ、ちょっと、おやめなさいよディルク、こんなところで！　今日は聖クラーラの生誕祭なのよ！　問題を起こしたら、大司教さまにご迷惑がかかるじゃないの！」

止めに入ったヴァンダまで睨《にら》みつけて、「うるさい」と吐き捨てるように言う。

「おまえの口はいつも同じ言葉しか出せないのか」

「なによその言い方！　あんただって昔は、大司教さま大司教さまとそればかりだったじゃない！」

「いつの話をしている。俺はおまえと違って、この十年間で成長しているんだ」

「なんですって!?　人を子どもみたいに！」

「違うとでも言いたげだな。八歳の頃から変わったところがあるなら、ぜひ聞きたいものだ」

「失礼ね！　すっかり大人っぽくなったこの姿が目に入らないの!?」

「はっ、大きくなったのは身長くらいだろうが」

「あんただって、その無神経さ、昔からまったく変わらないじゃない！」

いつの間にか、ヴァンダとディルクの間での喧嘩《けんか》にすり替わっている。しかし、ぎゃんぎゃんと互いを罵り合う姿は、諍《いさか》いというよりも仲良くじゃれ合っているように見えた。二人が自覚しているのかはともかく、中身もかなり子どもっぽい。
リーディアは言い争う二人を微笑ましく眺めた。

閑話　コリンナの願い

Happiness of Sacrificial Princess

聖クラーラ生誕祭の日が終わりに近づこうとしている夜更け、コリンナは同室の子どもたちに気づかれないようにそっと部屋を抜け出して、大聖堂の鏡の間に侵入した。

ステンドグラスから月の光が入るので、明かりがなくてもそれほど真っ暗ではない。

夜間の大聖堂は、正面扉は厳重に施錠されるが、裏の扉は開いている。そちらは修道院へ通じる渡り廊に繋《つな》がっていて、外部の人間は使えないからだ。

修道院も聖堂内も、ひっそりと静まり返っていた。修道士も修道女も、それから子どもたちも、慌ただしい今日という日に疲れきって、ぐっすりと眠り込んでいるのだろう。

コリンナ以外の孤児たちは、あの黒い人……修道女たちがこそこそと「悪魔」と呼んでいる人が約束したとおり、どっさり届けられたロロニカのパイを競い合うように食べ尽くして、全員ベッドに入った途端に寝入ってしまった。

今夜は、空腹のあまり夜中に目が覚めるということもないはずだ。きっと夢の中にもあのロロニカの赤い実が出てくるに違いない。

パイの数は十分足りていたけれど、コリンナはそれを食べなかった。いつもモタモタしている間に、他の子に食べ物を取られてひもじい思いをしているコリンナだが、今日は手を出そうともしなかった。

だって、コリンナは先に聖女さまに貰《もら》ったものがある。この上パイまで食べてしまったら、明らかに不公平だ。みんなが言うように「ずるい」ことになる。

それに、パイに手を出したら、その時点でコリンナの手の中にあるものの価値が下がってしまうような気がした。

この透明な石は「特別」。コリンナだけに与えられた唯一のものだ。

聖女さまが自分に笑いかけて、手を握り、直接渡してくれた。

コリンナはこの修道院に来てから、他の人にそんな扱いをされたことがない。修道士と修道女は、ちょっと苛々《いらいら》したような顔であれをしなさい、これをしなさいと命令し、上手《うま》くできないとため息をつくか、「もういい」と邪険に手を振ることがほとんどである。

子どもたちはもっと露骨にコリンナを除け者《のけもの》にしたし、時には大人の目がないところで手足を叩《たた》いたり、つねったりもした。同じ孤児とはいえ、自分よりも劣った存在に対して、子どもというのは残酷だ。

でも、それもしょうがないと思っていた。コリンナは鈍くて、普通に話すこともできなくて、人が言うことの半分も理解できない「出来損ない」だから。

コリンナの身体《からだ》は、コリンナの意のままに動かせない。走れば転ぶし、反応が遅いし、舌もすぐもつれてしまう。

親兄弟と暮らしていた頃は、こんな風ではなかった。三年前、自分たち家族を襲った盗賊団に背中を斬られ、転んだ拍子に頭をひどくぶつけてから、まるで霞《かすみ》がかかるようにボンヤリするようになってしまったのだ。

目の前で惨殺されたという親兄弟のこともあまり覚えていないのは、「神のご慈悲」だと大司教さまは言った。偉い人がそう言うのだから、そうなのかなあと思う。コリンナは、彼らの顔もよく思い出せないことに、時々ものすごく罪悪感を抱くけれど。

忘れてよかったんだと言われると、とても悲しくなってしまうのだけど。

身体も頭もあまり上手く動かないコリンナだが、それでもちゃんと「心」はある。他の人に迷惑をかけてばかりなのは恥ずかしいと思っているし、誰よりコリンナ自身がそういう自分をもどかしく思ってもいる。

でも、周りの人たちはそれに気づかない。コリンナが、「普通の人とは違う」からだ。何を言っても言い返さない、殴っても、食べ物を横から掠《かす》め取っても、決してやり返さないコリンナは、人形と同じだと思っている。

だから何も考えていないし、傷つくこともないし、痛みも感じないのだろうと。

だけどあの聖女さま——リーディアさまは。

コリンナには意思も感情もあると気づいてくれた。人の心は強いのだと教えてくれた。幸運が訪れるようにと、言ってくれた。

そして――この綺麗《きれい》な石をくれた。

コリンナは掌《てのひら》を開いてそこにある石をうっとりと眺めた。透明な石の中に、ほんのりと赤色が入っている。まるで小さな炎が燃えているように。

空っぽに見えるコリンナの中にも、ちゃんと明かりが灯《とも》っていることを示すように。

「き……き、れ」

コリンナの口から拙い言葉がこぼれ落ちる。

いつも笑われるか眉をひそめられるかのどちらかなので、なるべく話さないようにしているが、今は誰もいないから安心して声を出すことができた。

「リ……リー……リア」

聖女さまの名前はコリンナには難しくて、きちんとした発音にならない。でも、もっといっぱい練習したら、呼べるようになるかもしれない。

……そうしたら、また笑ってくれるだろうか。

あの人にもう一度笑ってもらいたい。声をかけてもらいたい。ちゃんとお話をしてみたい。

あの人の、役に立つようなことをしたい。

聖クラーラの鏡に祈りを捧《ささ》げたら、その願いは叶《かな》うのかと、コリンナは今夜こうして鏡の間へやって来たのだ。

お祈りのやり方は知っている。膝をついて、両の手を組み合わせ、目を閉じればいい。

鏡の前に跪《ひざまず》き、両手を組む代わりに透明な石を包むように握った。力を入れたからか、石の中の赤色が濃くなったような気がする。

そして目を閉じようとして――

『コリンナ』

コリンナは大きく目を見開いた。

今、誰かに名を呼ばれた？

もしかして鏡の間に入り込んだのを見つかってしまったかと身を縮めたが、扉は閉じたままだ。

女性の声だったように思ったが、コリンナには聞き覚えがなかった。

『コリンナ』

ビクッとした。やっぱり聞こえる。

でも、どこからだろう？

おどおどと周りを見回したが、鏡の間はがらんとしていて他の人の姿はない。

ふらふらと動かしていた視線は、鏡の間の中を一周して、聖クラーラの鏡のところで止まった。

――鏡が呼んだ？

明瞭に物事を考えることがあまり得意でないコリンナは、怪異に対しての恐怖心も人より薄くてゆっくりだ。それよりは修道女にガミガミと言われることのほうが、よほど怖いと思うくらいだった。

そろそろと祭壇に上がり、大鏡を覗《のぞ》き込んだ。

そこには、痩せこけた少女の顔が映っている。

鏡の中のその少女が、首を傾けた。

コリンナは今まで、こんなにもこの鏡に近づいたことがない。いつも遠くから眺めるだけだから、確実にそうとは言いきれないのだが、普段はもっとピカピカと輝いていなかったか。

……どうして今は、こんなにもボンヤリと曇っているのだろう。

それはまるで、コリンナの頭の中のようだ。

そのぼやけた鏡の中に、二つの人影が映り込んでいる。一つは自分、コリンナだ。だったらあと一つは？　コリンナの後ろに立っている人は、一体誰なのだろう。

『コリンナ』

その口が動いている。自分を呼んでいたのはこの人だったようだ。髪が長いから、女の人だと思うが、顔がよく見えない。鏡面が曇っているという以外にも、コリンナの目がだんだん霞《かす》んできたという理由もあった。

頭もますますボンヤリしてきた。

もう何も考えられない。

女の人が笑いながら手招きしている。コリンナはふらふらと鏡に顔を寄せていった。

第四章　人と人

「おはようございます、聖女さま」

生誕祭の翌朝、部屋に来たヴァンダが朗らかに挨拶をした。彼女の後ろには、生真面目な顔をしたディルクも立っている。

「おはようございます」

リーディアも微笑《ほほえ》んで返事をした。

昨日は結局大聖堂に帰るまでいがみ合っていたヴァンダとディルクだが、今の二人の顔つきを見るに、喧嘩《けんか》の名残りはないようだ。仲直りをしたというより、いつもそんな感じなのだろう。古くからの付き合いというだけあって、そのあたりの呼吸はお互い自然と読んでいるのかもしれなかった。

「何かお手伝いをすることはございますか？」

「いいえ、特に」

リーディアもルイも、彼らが来る前に自分たちの支度は終えている。以前は世話係が来ないとベッドから出ることもできなかったリーディアだが、「自分のことは自分で」が気風のカラの国で過ごして、それくらいは成長しているのだった。

「では、朝食の準備ができておりますので、食堂へどうぞ」

「ありがとうございます。——ヴァンダさん、アグネスさんはその後、いかがですか？」

リーディアが訊《たず》ねると、ヴァンダは「それが」と苦笑した。

「今はもう、ピンピンしているんですよ。アグネスったら、目が覚めたら自分がしでかしたことをなーんにも覚えていなくて、他の者がいくら言っても『私がそんなことするわけない』の一点張りなんですって！　まったく人騒がせな」

本人に「霊に憑依《ひょうい》されていた」という自覚はないらしい。ヴァンダはプンプン怒っているが、鏡の間で金切り声を上げていたのは正しくは憑依していた霊ということなのだろうから、アグネスを責めるのは気の毒というものだ。

「聖女さま、本日はどうなさいますか？」

ヴァンダに問われて、「そうですね……」とルイをちらっと見る。これからどうするかを決めるのは、リーディアではなく彼のほうだ。

ルイは何か考え事をしているような顔をしていたが、少ししてから口を開いた。

「大司教さんの今日の予定は？　ずっと聖堂にいるのかい？」

「今日は、朝のお祈りを済まされましてから、『少し休む』とご自分の館のほうに戻られました。昨日は大変にお忙しかったので、お疲れなのですわ。こちらにいらっしゃるのは午後からになりますが……何かご用でも？」

「いや、いいんだ。そうか、午後からね」

そう言って、顎に手を当てる。

やがて結論が出たのか、リーディアに顔を向けた。

「あのさ、リーディア」

「はい」

「俺、ちょっと確かめたいことがあるんだよ。今から外に出ていくけど、その間、リーディアはここで待っていてもらえる？」

「今からですか。お食事は？」

「帰ったら食べるから、少し残しておいてくれると助かる。なるべく他の人の目のない時間帯に済ませたいんだよね」

「そうですか……」

何を確かめたいのかは判《わか》らないが、それは彼にとって必要なことで、できるだけ早めにしておきたいことなのだろう。

そしてたぶん、リーディアには言いたくないことだ。

「承知いたしました。わたくしはこちらでお待ちしておりますね」

「ごめん、なるべく早く帰るから」

「では、代わりに俺が同行しよう」

愛想のカケラもないディルクのぶっきらぼうな申し出に、ルイは「ええ……」とイヤそうに眉を寄せた。

「あんたはリーディアの護衛を仰せつかってるんじゃないの？」

「人目のない時を狙ってコソコソ外出しようという輩《やから》を、黙って見過ごすわけにはいかない」

「うわ、感じの悪い言い方。まるで俺がドロボウでもするみたいじゃないか」

「信用ならない行動をするほうが悪い」

「まだ昨日のこと根に持ってんの？」

呆《あき》れたような顔をしてから、ルイはぽりぽりと指先で頭を掻《か》き、「ま、いいか……どうせ聞いておきたいこともあったし」と小さく呟《つぶや》いた。

「あんたも飯抜きになるけど、いい？」

「ディルクの分の朝食は、私が取っておきます」

口を挟んだのはヴァンダだった。勝手なことをしないでと反対するか、どこに行って何をするつもりなのだと問い詰めるかと思ったのに、彼女はため息をついただけだった。

「マントは……もう、いいですね。ディルク、あんたが後ろを歩いて隠してあげなさいよ」

「了解した」

尻尾に対する嫌悪感もずいぶん薄らいでいるようで、リーディアは嬉《うれ》しくなった。

「では待っている間、ヴァンダさんはお部屋でわたくしの話相手になってくださいますか？」

「まあ、喜んで」

お願いすると、ヴァンダは頬を緩めて承知した。

「それじゃ行ってくる」

ルイが手を上げて、出口へと向かう。その後ろを、今度は絶対に逃がすまいという意志の表れか、ぴったりとくっつくようにしてディルクが従った。

彼らの後ろ姿が見えなくなるまで、リーディアはその場に立っていた。ヴァンダも同じように、身動きもせずじっと二人を見送っている。自分たちが見ている背中はそれぞれ別だと思うが、胸に抱くものはよく似ている気がした。

「では食堂へ参りましょうか」

「はい」

食堂に着くと、リーディアはまずコリンナを探したが、子どもたちの中にその姿は見つからなかった。

そっとヴァンダに訊ねてみたら、「今日は気分が悪くて朝食はいらないとのことで」という答えが返ってきて、眉を下げる。

何かあったのだろうか。あの後、やっぱり揉《も》め事《ごと》が起きていたのだったらどうしよう。これ以上自分が関わるとよくないのかもしれないが、それでも心配なものは心配だ。

後でもう一度確認してみよう、とリーディアは心に決めた。

食事を終えて部屋に戻ると、ほどなくして、ヴァンダが二人分のお茶を運んできてくれた。

二人でテーブルを囲み、お茶の入ったカップを手にする。リーディアは少しドキドキした。考えてみたら、同世代の女性と二人、こうして差し向かいでお喋《しゃべ》りをするのははじめてなのだ。

「私、こういうのはじめてで……緊張してしまいます」

リーディアが口にするよりも先に、湯気の立つカップを口元に持っていったヴァンダが、照れ臭そうに言った。

「他の修道女の方とは？」

「ここでは普通、食事もお茶も皆で、ということになっておりますので」

「では、ディルクさんとは？」

まだお茶を飲んでもいないのに、ヴァンダが咳《せ》き込んだ。

「ゲホッ……え、なんですか？」

「ヴァンダさんとディルクさんは、十年前の同じ時期にこの修道院に引き取られた、とおっしゃっていたでしょう？」

「私、そんなことまで言いました……？」

ヴァンダは顔を赤くして、視線をふらふらさせた。

「……ディルクとは……まあ、そうですね……お茶はともかく、よく話を聞いてもらったりしました。なにしろここに来た当初、私はいつも泣いてばかりだったもので……二人でこっそり食事の内容に文句を言ったり、意地悪な修道女に仕返しする計画を練ったり」

境遇の似た二人の間で、通じ合うものがあったのだろう。

ヴァンダだけでなく、その時はディルクも親を亡くした直後で、お互いの存在はなによりの慰めになったはずだ。

「十年来の付き合いですから、私たちは幼馴染《おさななじみ》の関係に近いと言いますか」

「恋愛感情はないのですか？」

「ゲホッ！」

ヴァンダがさらに激しく咳き込んだ。

「あのっ！　聖女さまはどうなのか知りませんが――いえその、聖女さまにそちら方面での禁忌はないらしいということは、昨日身に染みて理解しましたが――この修道院で、そういうことは許されないのです」

「そういうこと？」

「男女間の色恋と申しましょうか……私たちは神に己《おの》が身を捧《ささ》げておりますので、恋愛も結婚も戒律によって禁じられております」

きっぱりした言い方だが、ヴァンダの目は伏せられていた。

「その戒律を破ると、何か罰を与えられるのでしょうか」

「破門という扱いになりますね。あるいは、還俗《げんぞく》して自らここを出ていくか……」

「ヴァンダさんは、ずっとこの修道院にいらっしゃるつもりなのですか？」

「………」

その問いに、ヴァンダは下を向き、黙り込んでしまった。

彼女の表情が暗くなっていることに気づき、リーディアははっとして口を手で押さえた。神にも宗教にも疎いので、ついあれこれ質問を重ねてしまったが、それはあまりにも不躾《ぶしつけ》なことだったらしい。

「申し訳ありません。わたくしったら……」

「いえ」

ヴァンダは短く言って、ずっと手に持ったままだったカップをソーサーの上に戻した。

顔は下に向けられて動かない。よほど怒らせてしまったのだとハラハラして、もう一度謝ろうと口を開きかけたら、「……実は」とぽつんとした言葉がヴァンダの口からこぼれ落ちた。

「実は……私、もうすぐこの修道院を出ていくことになっております」

その言葉に、リーディアは目を瞬いた。

「出ていく、とは？」

「形としては『還俗』ということになるでしょうか。この修道院では孤児を引き取って養育していますが、その子たちは余所《よそ》に引き取られていくことが多いのです」

「それは十六歳になるまでのお話では？」

「十六を過ぎて修道女、修道士になっても、引き取り手があればここを出ていくことがあります。私の孤児仲間も、そうやって引き取られて、たくさんいなくなりました」

「どこに引き取られるのですか？」

「子どもがいない家の養子として迎えられたり、剣の腕を買われて護衛として雇われたりする、と聞きました。一度ここを出ていった者は、もう戻ることは許されませんので、今の彼らがどうしているのか私も知りません」

「……それで、ヴァンダさんも？」

「私の場合は、気が利いてよく働くところが、裕福な商人の目に留まって気に入られたと……そこの養女となって仕事を覚えてもらいたい、という話でした」

　裕福な家の養女になるというのは、人によっては「良い話」なのかもしれないが、今のヴァンダはまったく嬉しそうには見えなかった。

「お断りすることはできないのですか？」

　リーディアの問いに、勢いよく首を横に振る。

「できません……だって、勧めてくださったのは大司教さまなんですもの。大司教さまは、私たち孤児のことも本当に親身になって考えてくださっているんです。『これでおまえも幸せになれる、私も安心だ』と笑って言われたら、断るなんてとても……！」

眦《まなじり》に滲《にじ》んだ涙を、ぐいっと拳で乱暴に拭った。

「孤児だった私は、大司教さまによって救われました。あの方にはお返しできないほどの恩があります。ここを出ていくことがせめてものお返しになるなら、喜んで従うつもりです。きっと、それが神のご意志でもあるのでしょうし。……でも、せめてディルクには、笑って別れを言いたいと思っていたんです。今までありがとう、元気でね、とちゃんと伝えたいと……それなのに最近のディルクは、ろくに私と目を合わせもしない！」

話しているうちに感情が激してきたのか、拭っても拭っても、ヴァンダの目からは大粒の涙が溢《あふ》れ出した。

「きっとこんなうるさい女、嫌いになったんでしょう。でしたらこのまま、私は黙ってここを出ていくつもりです。別れを告げずに離れることになると思うと残念ですが、仕方ありません。最後に聖女さまのご降臨に立ち会うことができて、私は幸運だったと……」

「いいえ」

リーディアはそう言って、涙で濡《ぬ》れたヴァンダの手を取り、自分の両手でやんわりと包んだ。

「それはヴァンダさんの『幸運』ではないと、わたくしは思います」

「え……」

ヴァンダがぱちぱちと目を瞬く。その拍子に、またぽろっと涙が落ちた。

「ヴァンダさん、わたくしは正直申し上げて、『育てられた恩』というものがよく判りません。ですから、ヴァンダさんの気持ちのすべてが理解できるわけではありません。――わたくしは、死ぬために育てられていた人間ですので」

「は……？」

ヴァンダがぽかんとする。

「ずっと長いこと、箱の中に入れられ、感情を押し込め、自分の本当の願いも閉じ込め続けてきました。それらすべてを外へ解き放ってくださったのが、ルイさまです。あの方はわたくしの光そのもの。わたくしにとって、人生で最大の幸運は、ルイさまに出会えたことでした」

そこまで言って、リーディアは微笑んだ。

「……ヴァンダさんの幸運は、ディルクさんに会えたことだったのではないですか？　その前に不運と不幸はあったのでしょうが、ディルクさんと出会って、お互いに慰め、励まし、それによって前を向くことができたのでしょう？　でしたらそれこそが、『救われた』ということなのではないかと、わたくしは思うのですけど」

その言葉に、ヴァンダが大きく目を見開いた。

「え……いえ、で、でも」

その頬がみるみる赤くなる。

「神の意志というものはよく判りませんが、重要なのは、ヴァンダさんの意志なのではありませんか？　戒律にしろ、大司教さまに対する恩にしろ、ヴァンダさんには『こうでなければいけない』という決め事がたくさんあるようですが、もう少しだけ『こうでもいいのかもしれない』ということを増やしてみても、いいのではないでしょうか。自分の信じているものが唯一の正しい答えだと思わないほうがいいと、ルイさまも言っていました」

ヴァンダはぐっと唇を引き結び、リーディアの両手に包まれた自分の手を見据えた。

「……そう、でしょうか」

「ヴァンダさんは昨日一日で、ルイさまに対する見方が少し変わられたのでは？」

「それは、まあ……お二人を見ていて、いろんなことがちょっとバカバカしくなってきたというか……少なくとも、聖書の中の『悪《あ》しき存在』とは違うなと……」

「ディルクさんともしっかり話をしてみたら、今のヴァンダさんが思っているのと『違う』ものが見えてくるかもしれませんね」

「…………」

ヴァンダは身じろぎもしないで、じっと考え込んでいる。

しばらくして、中にきつく押し込められているものを少しだけ外に出すように、ふっと短いため息をついた。

「――私、自分でもイヤになるほど、意地っ張りなところがあるんです」

「あら」

「聖女さまの素直なところを、私に少し分けていただけたらいいのですが」

「わたくしは、ルイさまによく『頑固だ』と呆れられますよ」

「そうなのですか？」

ヴァンダは驚いたように顔を上げ、リーディアを見た。

目を丸くしながら「意外……」と呟いて、ぷっと噴き出す。

「では私たちは、意地っ張りと頑固者、ということですか」

「そうです。ルイさまとディルクさんは、さぞ手を焼いておられることでしょうね」

二人で声を合わせて笑った。

「――私に必要なのは、きっと素直さと勇気ですね。ありがとうございます、聖女さま。私、ディルクが帰ってきたら話を」

その時、ドンドンドンとけたたましく扉が叩《たた》かれて、ヴァンダは続きを呑《の》み込んだ。

「せ、聖女さま、ヴァンダ！　急いで来ていただけますか！　大変、大変なんです、聖クラーラの鏡が――ああ、なんてこと！」

泣き声交じりの叫びに、リーディアとヴァンダは互いの顔を見合わせた。


リーディアたちが鏡の間に駆けつけると、そこは大変な惨状と化していた。

真っ先に目に飛び込んできたのは、床に倒れた聖クラーラの鏡、そして、あたり一面に散らばった無数の破片だ。

ヴァンダが悲痛な叫び声を上げた。

「聖クラーラの鏡が……！　どうしてこんなことに！」

蒼白《そうはく》になった彼女の目には、ようやく引っ込んだはずの大きな涙の粒が再び浮かんでいる。衝撃のあまりか、両頬を手で押さえたまま、その場で動けずにいた。

鏡の間に数名いた他の修道女たちも、ヴァンダと似たようなものだった。棒立ちになっている者もいれば、へたり込んでいる者もいるが、全員が涙を流し、ショック状態から抜け出せないでいるようだ。

全員、呻《うめ》くような苦悶《くもん》の声を漏らしている。

「あの……まずは大司教さまにお知らせしたほうがよろしいのでは？」

鏡に対しての思い入れが彼女たちほど強くない分、冷静でいられたリーディアが遠慮がちに提案すると、ヴァンダがようやくハッとしたような顔になった。

「そ、そうですね……！　まず大司教さまに」

自分たちを呼びにきた修道女が、両手で顔を覆い、おいおい泣きながら首を振る。

「すでに修道士が一人、お館へ向かっております……ああ、大司教さまがこの有様をご覧になったら、どんなに悲しまれることか……」

その言葉に、ヴァンダもまた苦しげに表情を歪《ゆが》めた。

「一体どうして、こんなことに……大鏡は厳重に固定してあって、ちょっとやそっとじゃビクともしなかったはず……」

「コリンナよ！」

独り言のようなヴァンダの問いに大声で答えたのは、鏡の間の中にいた修道女だった。

その名に、リーディアの肩が揺れる。

「コリンナさん？」

「そうです、聖女さま！　コ、コリンナが、あの子が、聖クラーラの鏡を祭壇から落として割ったんです！　きっと、とうとう頭がどうかしてしまったんですわ！」

泣き腫らした目で幼い女の子を糾弾する修道女の顔にも声にも、本気の怒りと憎しみがこもっている。

ヴァンダは唖然《あぜん》として口を丸く開けた。

「な……なに言ってるの、コリンナがそんなことできるはずないでしょう？　あの子には、台座の固定を外せるような器用さはないし、そもそも鏡を動かせる力もないのよ？」

「でも、本当なのよ！　私、見たんだから！　私だけじゃないわ、他にも見た人がいるのよ！　いつの間にかあの子が祭壇の上に立っていて、鏡に手をかけていたの！　早く離れなさいって怒られても、まるで動じなかったわ！　それどころかあの子――薄笑いを浮かべていたのよ！」

徐々に高くなっていく声とともに、彼女の目には、怒り憎しみ以外の何かがちらちらと現れ始めていた。

あれは、恐怖か。

「特に何かをしたとは思えないのに、コリンナが軽く押しただけで鏡が前に倒れて——さ、祭壇から落ちて——割れて粉々に！　私たちが悲鳴を上げても、コリンナは平然としていたわ！　そしてどこかへ消えてしまった！　ねえ、おかしいわよね!?　あの子、おかしいわよ！　私は前々から、気味が悪いと思ってたわ！　いつも黙って、じっと下を向いて、前髪の間から卑屈な目がこちらを窺《うかが》って……ああ、いやだ、ぞっとする！」

「ちょ、ちょっと」

髪を振り乱して自分の身を抱き、泣き叫ぶ修道女に、ヴァンダが戸惑ったように手を伸ばした。

その常軌を逸した興奮状態を見て、彼女の頭のほうが少し冷えてきたようだ。

「どうしたのよ。いくらなんでも、そんな言い方をしちゃダメだってことくらい判るはずでしょう？　コリンナのことは、あんただって『気の毒だ』って」

伸ばされた手を、修道女は乱暴に叩き落とした。

真っ赤に充血した目でギッと睨《にら》みつけられ、ヴァンダが怯《ひる》んだように後ずさる。

「あんたもあの子の仲間なの？」

「仲間って……修道院の人間は皆、そうでしょう？」

「うるさいうるさい、あんたなんて、あたしの仲間であるもんか！　もう終わり、何もかもがもうおしまいなんだあっ！」

修道女が甲高い悲鳴のような声を響かせ、頭を激しく振り回し始めた。首がもげそうなくらいのその勢いに、恐れをなしたヴァンダは顔を引き攣《つ》らせた。

「どっ……どうし」

声を上擦らせる彼女の腕を後ろからそっと引いて、リーディアは耳打ちした。

「ヴァンダさん、今はその方に何を言っても無駄だと思います」

「せ、聖女さま……これは一体、どういう」

「アグネスさんの時と同じなのではないでしょうか。いえ、今回は、あれよりも悪いような感じがいたします」

そう言いながら、ぐるりとあたりを見回した。

急におかしくなったのは、その修道女ばかりではなかった。しくしくと泣いていた他の修道女たちも、それぞれが喚《わめ》いたり暴れたりし始めている。ヴァンダは周囲に目をやって、茫然《ぼうぜん》と立ち尽くした。

異変はそれだけに留《とど》まらない。

祭壇の上にある燭台《しょくだい》が、誰も触れていないのにガタガタと揺れていた。その下に敷いてある房付きの布も小刻みに震えている。

物が勝手に動き、あちこちで罵声と泣き声の上がる室内は、さながら阿鼻叫喚《あびきようかん》の様相を呈していた。

部屋の外では、どこかから「火が！」という驚愕《きようがく》の声と、早く消せ、と慌てふためく怒鳴り声が聞こえる。恐慌状態に陥っているのは、この鏡の間だけではないらしい。

清浄だった空気はいつの間にかどんよりと澱《よど》み、ステンドグラスからは燦々《さんさん》と陽《ひ》の光が降り注いでいるはずなのに、奇妙に薄暗い。

大聖堂全体が、異様な雰囲気で充満していた。

ここにルイがいたら、修道女たちの周りに、または祭壇の近くに、姿なきものの姿が見えたのかもしれない。

聖クラーラの鏡は、以前アグネスに憑依した浮遊霊を吸い込んだ。これまでに、何度もそういったことが繰り返されていたとしたら、あの鏡の中にはかなりの数の霊が封じられていた、ということになるのではないか。

「それが割れたことによって、一気に外へと放たれてしまった……？」

リーディアは考えるように呟いた。

鏡がどうして割れたのか、コリンナがそこに関与しているのかどうかは、今は大した問題ではないように思えた。まずは、一斉に解放されて好き勝手している浮遊霊たちをどうにかするほうが先決だ。

「ヴァンダさん、わたくし、すぐにルイさまを呼んでまいりますので……」

リーディアがそう言いかけた時、「大司教さま！」と安堵《あんど》したように呼びかける誰かの声が耳に届いた。

そちらに目をやると、廊下の先から厳しい表情の大司教が大股でこちらに向かってくるのが見えた。いつもはきちんとしている白い祭服が乱れている。館で休んでいたところを大急ぎで引っ張り出されたのだろう。

「……なんと、聖クラーラの鏡が……！」

慌ただしく鏡の間に足を踏み入れた大司教の顔が、そこにあるものを目にして驚愕に染まった。

砕け散った聖クラーラの鏡、その周りで泣き喚く修道女たち、未《いま》だガタガタと揺れている燭台という状況がすぐ呑み込めないのか、絶句する。

「なんということだ……二百年もの間、欠けることさえなかった鏡が……」

悲しげに呟くその姿を正視できないのか、ヴァンダが下を向いて唇を噛《か》みしめた。

「すぐに元に戻さねば……そう、そうだ、神はきっとこれを予見しておられたに違いない」

大司教の視線はずっと、割れた鏡のほうに向かっている。ヴァンダのつらそうな顔も、他の修道女たちの大騒ぎも、本当にその目に映っているのかと疑問になるほど、そちらには関心を向けなかった。

食い入るように破片を見つめて、ぶつぶつと一心に呟く横顔は、彼もまた何かに取り憑《つ》かれているかのようだ。

「大司教さま、少しよろしいでしょうか？」

リーディアが声をかけると、大司教は弾《はじ》かれるようにこちらを振り向いた。

「おお、聖女さま！」

今になってリーディアの存在に気づいて、大きな声を出す。一瞬、皺《しわ》に半分埋もれた目が、歓喜で輝いたように見えた。

「聖女さま、ご覧のとおり、聖クラーラの鏡が砕け散ってしまいました」

「はい。ですが今はそちらよりも、大聖堂内の怪異をどうにかすることを優先されたほうがよろしいかと思います。ルイさまを呼んでまいりますので、どうか正式に依頼を――」

「この現状は神のお怒りに違いありませんぞ！」

「……はい？」

ルイにきちんと依頼をして、浮遊霊を祓《はら》ってもらうべきだ――と続けようとしたリーディアは、真剣な顔をした大司教の迫力に押されて、言葉の接ぎ穂を見失った。

「この上は、一刻も早く鏡をまた祭壇に戻さねばなりません。それには聖女さまのご協力が不可欠です。どうぞ、私と一緒に来てください」

「わたくしですか？」

リーディアは困惑した。

自分は怪異に対する手立てを何も持っていないが、壊れた鏡の補修についてだって同じように詳しくない。それになんとなくだが、散らばった破片をすべて集めて綺麗《きれい》に繫《つな》げたとしても、鏡がまた元のように浮遊霊を吸い込む働きをするとは思えなかった。

「他の誰でもなく、聖女さまが必要なのです。いえ、あなたさまはこのためにブラネイル大司教領にご降臨なさったに違いありません。お願いいたします、この地を救うため、私と一緒に来てくださいませぬか！」

「このため……」

どうしてルイとともにここにやって来てしまったのか、リーディアはその理由がまだ判っていない。しかし大司教は確信に満ちた目をして、このために来た、と断言している。

リーディアが必要だと。

本当に、こんな自分に与えられた役目があるのだとしたら——

リーディアは口元を引き締め、ヴァンダのほうを向いた。

「……ヴァンダさん、ルイさまが戻られましたら、待っているとお約束しましたのに破ってしまってごめんなさい、と伝えていただけますか」

「え、あ、聖女さま、でしたら私も」

「いいえ、ヴァンダさんのようにしっかりした方がいらっしゃらないと、ここはもっと混乱してしまいます。大丈夫です、ルイさまが戻っていらっしゃれば、この騒ぎはすぐ収まるはずですから」

焦るヴァンダを説き伏せて、リーディアは大司教に従い、歩き出した。

＊＊＊

「こちらです」

大司教に案内されたのは、一軒の住居だった。

その家は、大聖堂を出てしばらく歩き、シリンが植えられた畑の間の小径《こみち》を上っていった先に、ぽつんと離れて建っていた。通りから外れているためか、周囲には人の姿もない。

細長い二階建てで、三角形の屋根がついている。他の家々よりは少し大きいが、取り立てて目立つほどでもない。家の周りを囲む庭には花も木もなく、かなり殺風景だった。

「お恥ずかしいのですが、わざわざ庭の手入れのために人手をかけることもあるまいと思いましてな」

木の扉を開けながら、大司教が面目なさそうに言う。

「ここは大司教さまが住んでいるお館なのですか？」

「そうです」

そういえば、ロロニカのパイを売っていた店主が言っていたっけ。「大司教さまが住んでいる館は、俺たちの家とそう変わらないくらい質素なんだよ」と。

確かに、大聖堂のあの豪華さ荘厳さと比べると、驚いてしまうくらい簡素で規模も小さい。それに、築年数の古さからか、少し脆《もろ》いところもありそうだ。以前リーディアが暮らしていた離れのほうが、ここよりもよほど堅固だった。

「お一人でお住まいに？」

「ええ。私には家族がおりませんので。ただ、さすがにいろいろと不都合がありますから、掃除や洗濯を任せている通いの使用人が一人おります」

館の中も寂しげなまでに物がない。最低限ある家具は、どれもつつましやかだった。

大聖堂の最高責任者で領主、という立場であれば、もっと大きな屋敷に住むことも、使用人を大勢抱えることも可能だろうに、この人物はそれを良しとはしないということだ。

「ですから大司教さまは、修道院の人たちからも、領民の皆さんからも、尊敬されていらっしゃるのですね」

リーディアが感嘆してそう言うと、大司教は「そのような」と謙遜したが、口元は嬉しげに綻んだ。

「それで、ここに何が？」

「ええ、申し訳ないのですが、二階までお願いいたします」

「二階ですか？」

「はい。上の階へは、使用人も立ち入りを許しておりません。特別な場所ですので」

大司教は率先して階段を上っていった。彼の後について、リーディアも二階へと向かう。木の階段は少し腐食しているのか、一段上がるたびに、ギシギシという音が鳴った。

「この部屋に入ってくださいますか」

いちばん奥の部屋の扉を開けながら言われて、リーディアは躊躇《ちゅうちょ》しつつ中へ入る。

そこで目を瞬いた。

その部屋は、他のどの部屋とも違って、非常に煌《きら》びやかだったからだ。窓は一つだけだが、室内は所狭しと豪奢《ごうしゃ》な物に溢れている。

壁に何重にも立てかけられているのは大きな絵画。作り付けの棚には、高価そうな壺《つぼ》や、精巧な金銀の細工、小さなブロンズ像などがずらりと並んでいた。見事なタペストリーや敷き物は丸められたまま積み上げられ、凝った形のランプや、派手な装飾の剣までが少々雑なくらいの扱いで床に置かれている。

——まるで、宝物庫のような。

呆気《あっけ》に取られて室内に視線を巡らせていたリーディアは、雑然としたその部屋の隅に、あるものを見つけた。

「鏡……」

大きな鏡だ。聖クラーラの鏡とそう変わらないくらいだろうか。しかもずいぶん古ぼけている。

形としては聖堂にあるものと似ているが、外周の飾りの細かな部分は粗さが目立った。

もしかしてこの鏡になんらかの秘密が、と思い、近寄ってじっと眺めてみたのだが、それはどう見ても普通の鏡だった。聖クラーラの鏡ほどの輝きはなく、見る者を引きつけて離さないような不思議な吸引力もない。

目の前にあるものをぼんやりと映すだけの、どこにでもある鏡でしかなかった。

「大司教さま、これは――」

訊ねるために振り返ったリーディアの目の前で、バタン！　と大きな音を立てて扉が閉じた。

いや、あちら側から閉じられた。

それに気がついて、驚いたリーディアはそちらに走り寄った。

「大司教さま？」

取っ手を握って押しても引いてもビクともしない。ガチャン、と向こうから聞き慣れた音がして、顔から血の気が引いた。

これは錠を下ろす音――自分を中に閉じ込めるための音だ。

扉の上部には細い覗《のぞ》き窓がついている。ガラスが嵌《は》め込まれたその窓から、大司教の目だけが見えて、背中を冷気が伝った。

……彼はなぜ、笑っているのだろう？

「その鏡は、聖クラーラの鏡の模造品なのですよ。ご覧のとおり出来が悪いので、正直、気乗りがしないまま買い取ったのですが、今考えると正解でした。いや、これもすべて、神の思《おぼ》し召《め》しということでしょう」

「どういうことですか。ここを開けてください。なぜ、鍵を？」

「おや、私は申しませんでしたかな？　壊れてしまったクラーラの鏡を元に戻す、と。そのためにこれは必要な儀式なのですよ。祭壇に鏡さえ戻れば、また何事もなかったように平穏が訪れましょう」

「儀式……？　このようなことに、何の意味が？　おっしゃっていたのがこんなことでしたら、やはり先に大聖堂内の混乱を収めるべきではないですか？　ルイさまでしたら、この事態を解決できます。大司教さまから依頼を――」

「おお、だったらなおさら急がねば。あの異形の青年に、事を収められてしまうわけにはいきませんからなあ」

「は……？」

リーディアは耳を疑った。

事を収めるわけにはいかない――と、そう言ったか。

大司教は当たり前のことを言っているかのような平然とした顔で、部屋の中で立ち尽くすリーディアを見ている。

「困るのですよ、聖女さま。私以外の誰かが、そんなことをしてしまうのはね。物事の正しい道筋を示し、愚かな民に手を差し伸べ、導いてやるのは、大司教であるこの私の役目です。だから聖女さまにも申し上げたではないですか、何かをする必要はない、とね」

「何を……おっしゃっているのか」

「簡単なことです。民に崇拝されるのは、これまでもこれからも、私一人でなくてはならない、ということですよ」

大司教の目がすうっと眇《すが》められる。

それを見たリーディアの足元から、切迫感が駆け上がった。この会話の成り立たなさ、かつてローザ・ラーザの王城地下室で経験したものを思い起こさせる。

人の命をなんとも思わず、他者を傷つけることも害することもためらわなかった、あの「エドモンド」と名乗っていた料理人見習いの温度のない目と、今の大司教の目は、おそろしいまでによく似ていた。

「大聖堂には鏡が必要だ。鏡がまたあの場所に収まりさえすれば、ここは元どおり平穏な、秩序正しい、『完全な世界』に戻る。私がこの地を治め始めてから二十年、そうであるよう守り続けた——なんと、二十年ですぞ！　それだけの長い間、私はずっとこの領のために尽くしてきたのです。苦労して苦労して、この地での信頼を築き上げ、自分の立場を強固にした。この大司教領は私の人生、私そのものだ。今や領民たちは、私を神のごとく崇《あが》め、信じきっている。私が白と言えばそれは白くなり、黒と言えばそれが白でも黒だと思い込むようになった。二十年かけて、ここまで来た……！　ここにあるものはすべて私の、私だけのものだ！　物も、人も、草一本に至るまで！　尊敬を浴びるのは私だけでいい、今さら新しい聖女など不要！　なぜ呼びもしないのにここに来た!?　そうとも、おまえたちは最初から邪魔なだけだった！」

吼《ほ》え猛《たけ》るような声が、扉越しに響いてくる。それと一緒に黒々とした何かが押し寄せてくるようで、リーディアは震える両手を握り合わせて、後ずさった。

「──聖クラーラは、自分が死ぬ直前に鏡の中に魂を移した」

一転して、また静かな声が聞こえてくる。窓からこちらを覗いている両目が細められて、顔が見えない分、余計に不気味だった。

「聖女さま、今度はあなたが死ぬ前に、鏡の中に自らの魂を入れ、この地を永遠に守ってくだされぱいい。そのために聖クラーラはあなたを遣わしたのでしょう？　聖女さまにしかできない偉業ですな。新たな鏡に入ったあなたさまを、またありがたく鏡の間に飾り、私たちは祈りを捧げることにしましょう。……聖女リーディアよ、この地に、私の大事な領に、永遠の繁栄を！　なに、今は大聖堂内でもあちこちで火の手が上がっているようです。この館が火事になっても、特に怪しまれることはありますまい。せめて美しい美術品の数々とともに、お逝きください。退屈になって集めはしたものの、やはりそんなもので私の心は満たされなかった。私の新しい館なら、また領民たちが喜んで建ててくれるでしょうしね」

小さな笑い声がして、大司教がその場から離れたのか、二つの目が見えなくなる。

「待って！　待ってください！」

リーディアは急いで扉の取っ手に飛びついてガタガタ揺らしたが、それが開くことも、また大司教が戻ってくることもなかった。

踵《きびす》を返して窓に駆け寄っても、そのガラスは嵌め殺しになっていて同じく開かない。窓枠との間には、蟻《あり》の入り込む隙間さえなかった。

さらに血の気が引く。

――しばらくして、部屋の外からパチパチというかすかな音が聞こえてきた。

閑話　ルイの要求

「……こんなところに、何の用なんだ？」

ディルクが訝《いぶか》しげに訊《たず》ねるのも無理はない。

大聖堂を出たルイがまっすぐ向かったのは、シリンの畑だったからだ。朝からみっちりと世話をする必要はないのか、この時間、畑の持ち主の姿はなかった。

「だからちょっと確認をね……」

シリンは背の高い植物で、ルイの腰あたりくらいまである。長く伸びた茎には、先がギザギザ尖《とが》った細い葉がわさわさと生い茂っていた。

ルイはその傍らに片膝をつき、葉をしげしげと観察してから、一枚ちぎり取った。鼻先に持っていって匂いを嗅ぎ、首を傾《かし》げる。

「これの収穫はいつするんだい？」

「もうじきだな。毎年、聖クラーラ生誕祭が終わると、一斉に収穫されるんだ。このまま放っておくと花の蕾《つぼみ》がつくんだが、その白い花が咲いたらもう遅いと言われている」

「ふんふん、なるほどね」

頷《うなず》きながら、葉を翳《かざ》り、しばらく口を動かしてから、ぺっと吐き出す。

ディルクがだんだん苛々《いらいら》してきたようで、ブーツの底で地面をトントンと叩《たた》いた。

「……で、それが何だ？」

「まあ、もうちょっと待って」

ルイはディルクのほうを見もせず、今度はシリンを一本ぐっと摑《つか》み、思いきり引き抜いた。

「何をする!?　民が丹精込めて育てた作物を無駄にするなど……」

「うん、丹精込めてね」

声を荒げるディルクの非難にはお構いなしで、ルイはその根をじろじろと検分した。

シリンの根は丸く膨らんで赤い。まだ土のついているその根に、ぐっと親指を突き刺して、また鼻先へと近づけ、ぺろっと舌で舐《な》めてみる。

そこで、顔をしかめた。

「――あのさ、薬の原料として取引されてるってのは、この葉っぱのほう？」

「そうだが」

「でも、根の部分も含めて売ってるんでしょ？」

「ああ」

「だったら、金を出して買ったほうが、わざわざ葉っぱを外すという面倒な手間をかけなきゃいけないことになるね」

「だから、それが何だ!?」

噛《か》みつくようにして答えたディルクは、こちらを見上げたルイの顔が今までにないほど真面目なものだったからか、呑《の》まれたように口を噤《つぐ》んだ。

「それはなぜかって、考えたことはないのかい？」

「なぜって――別に……理由などあるのか？」

これだけ大量にあるシリンの葉だけを取って集めるよりも、引き抜いたものをそのまま束にして売りに出すほうがはるかに楽だ。労働が増えるのならともかく、軽くなる分には不満などないから理由なんて考えたこともない。

ディルクの怪訝《けげん》そうな眼差《まなざ》しは、言葉よりも雄弁にそう語っている。

「どこからも苦情があったことはないはずだ」

「そりゃないだろうさ」

ルイは呆《あき》れたように言って、パン、と服を一度叩いてから立ち上がった。

「俺は仕事柄、いろんな場所に行くんだけど、これとそっくりな植物を前にも一度見たことがあるんだよ」

「シリンを？」

「そう。ま、名前は違ったけどね」

指で摘《つ》まんだシリンの葉を、ひらひらと振ってみせる。

「この葉っぱは確かに薬の原料になる。おもに咳止《せきど》めや、消毒薬になったりするかな」

「咳止めや消毒薬……」

薬の原料になる、としか聞いていなかったのか、ディルクは複雑な表情になった。もっと難病に効くような、貴重な薬になるとぼんやりイメージしていたのだろう。

そんなありふれたものだったのか？　という疑問と当惑が顔に出ている。

「それも、特別よく効くというほどじゃない。気休めくらいに使うやつもいる、という程度だ。これくらいのものなら、わざわざ栽培するまでもなくあちこちに自生してるはずだよ。そんなものが高値でなんて売れるはずがない」

「いや、しかし――」

反論しようとしたディルクを手で遮り、ルイは次にシリンの根のほうを指差した。

「だが、この根は、確かに希少価値がある」

「根……」

ぽかんとするディルクに、「なぜかというと」とルイは淡々と続けた。

「大体の国では法で禁じられるくらい、危険なものだからだ。植物自体が珍しいということではなく、通常のルートでは非常に入手しにくい、という意味で希少なんだ。実際に取引されているのは、葉ではなく根のほう、ってことさ」

「き、危険なもの？」

目を丸くしたディルクに、ルイは頷いた。

「この根から抽出した成分には、強い幻覚作用がある。摂取を続ければ、妄想を見続けて、ほとんど抜け殻のようになってしまう。しかも依存性があるから、一度これに溺れると、あとは廃人へまっしぐら、という代物なんだ」

ディルクは真っ青になった。

「……まさか」

「残念だけど、間違いない。この手の植物ってのは、世界が違ってもどこにでもある。俺たち一族は、名前と形が異なっていても確実に見分けられるよう、子どもの頃から毒と薬について徹底的に叩き込まれるんだ」

「そ……それが、本当だとして」

ディルクの整った顔立ちが大きく歪《ゆが》む。その目が、畑一面に育ったシリンに向けられた。

「一体どこの誰が、そんなもの……使えば廃人になるようなものを買うというんだ」

「これを摂取すると、外部からの刺激に無反応になるし、思考力を失う。……何をされても痛みも苦しみも感じず、恐怖も覚えず、文句も言わずにただ従うだけの人間が欲しいなら、大金を出してでも買いたいと思うやつはいくらでもいるんじゃない？」

逃げもせず恐れもしない攻撃専門の兵士を作りたい者、タダでこき使える奴隷を欲している者、少し気に入っただけの相手を自分の意のままにしたい者……そういう使い道は、人間性が凶悪であればあるほど次々に思いつくはずだ。

ほぼ独立を許された「聖なる地」が、まさかそんな危険物をせっせと領全体で栽培しているとは、誰も想像しないに違いない。

「……そこまで」

ディルクががくんと両膝をつく。地面に置いた手をぐっと握りしめ、身を折り曲げるようにして突っ伏した。

「まさか、そこまで……腐っていたとは」

拳で大地を強く叩きつける。小石が傷をつけ血を滲《にじ》ませても、何度も何度も振り下ろして打ちつけた。

その頭に浮かんでいるのは、数年前、領民たちを焚《た》きつけ、シリンをこの地の特産品として定着させてしまった人物の姿だろう。

「――大司教の裏の顔に、あんたは以前から気づいてたんだろ？」

膝を折って屈《かが》み込んだルイが問いかけると、ディルクはぴたりと手を止めた。

血の気の失《う》せた顔がのろりと上がり、暗い金の瞳がこちらを向く。

「なぜ……」

「あんただけ、大司教に対する目が違ったからね。恭順するように見せかけながら、大司教がいる時はいつも緊張してた。全員が全員、気持ち悪いくらい大司教を盲信している連中の中で、あんたみたいなのは目立つんだよ」

「はは……そうか。皮肉なものだ、あんたみたいな得体の知れない相手にだけ、こうも話が通じるとは。大司教の祈りに応えて現れた『聖女』など、到底信用ならないと思っていたが――」

自嘲気味に笑って、がっくりとうな垂れる。

「……それを知ったのは、偶然なんだ」

その時まで、針の先ほども大司教を疑ったことなんてなかった、とディルクは呟《つぶや》くように言った。

こっそりと調べ始めたのも、くだらない疑いを払拭して、安心を得たかったからだと。

「それなのに、次から次へと出てくるのは嘘《うそ》と欺瞞《ぎまん》ばかり……しかし、だからと言って、どうしたらよかったんだ？　たとえ証拠を揃《そろ》えて告発したところで、修道院のやつらも、領民も、すべてあの大司教を信奉しきっている。あっさり撥《は》ねつけられるのは目に見えていた。俺には、もっと上のほうに訴えるような伝手《つて》も力もない。……一人の時に何度も聖クラーラの鏡に祈りを捧《ささ》げ、助けを求めるしかなかった……」

もしもこの声を聞き届けてくださったのなら、どうか救いの手を差し伸べたまえ――

「だったら」

ルイは強い声で言って、ディルクの胸倉を摑んでぐいっと引き寄せた。

見開かれた目を刺すように睨《にら》みつけて、一言ずつ区切って言う。

「だったら、正式に、依頼をしろ」

「い、依頼……？」

ディルクは訳が判《わか》らないという顔をしている。ルイのまとう空気が一変したことに、頭がついていかないようだった。

「鏡ではなく、俺に直接依頼をしろ。神に祈るんじゃなく、祓《はら》い屋に頼め。助けが欲しいなら自分から手を出せ。あんたが求めるものをくれてやる。だが、必ず相応の報酬は貰《もら》うからな」

「い、意味が……」

「うっせえな！　大体あんたがモタモタしてるから、ここまで事態がこじれたんだろうが！　俺は依頼がないと動けないんだよ！　早く依頼をしろ！」

鋭く一喝してやると、ディルクは反射的にぴんと背中を伸ばした。

「わ、判った……！　た、助けてくれ。俺はいいから、ヴァンダと領民を」

「俺に依頼をするんだな!?　報酬も払うな!?　間違いないな!?」

「ま、間違いない！　あんたに依頼をするし、どれだけ時間がかかっても必ず報酬を用意する！」

「よっし、引き受けた！」

ルイは威勢よく返事をして、パッと手を離した。

さんざん焦《じ》らされた苛立《いらだ》ちもあって、多少強引なやり方になったことは否定しないが、無事、依頼人を確定して、交渉も成立した。リーディアの安全第一で様子見しながら進んでいたとはいえ、ルイは正直言って、一刻も早くこの件を解決してカラの国に帰りたかったのだ。

あとは他の「元凶」を――

「……っ」

その時、突然、左手の薬指の付け根が熱くなった。

指輪に埋め込まれた黒水晶が、赤い警戒色を発しているのを見て、一気に背中が冷えた。

ルイが丁寧に術を仕込んだこの指輪は、リーディアがつけているもう片方の指輪と対になっている。

一方が危機に陥ったり、助けを求めれば、もう一方が反応するように。

リーディアの身に、何かが起きたということだ。

「くそっ！」

ルイはすぐさま身を翻して、駆け出した。

第五章　妻と夫

リーディアはしばらく扉相手に奮闘を続けたが、どうやってもそれが開くことはなかった。

扉と床の隙間からは、白い煙が這《は》うようにして室内に流れ込んできている。館の中はもう煙が充満しているということだろう。たとえここが開いたにせよ、外に逃げ出す前に火に巻かれるか、窒息してしまう可能性が高い。

残る脱出口は、窓しかないということになる。しかし、嵌《は》め殺《ごろ》しになっている上に分厚いガラスは、リーディアの小さな拳でいくら叩《たた》いても、割れるどころかヒビすら入らなかった。

「逃げられない……」

呟《つぶや》いた途端、煙を吸い込んでしまって咳《せ》き込んだ。

少しずつ室内の温度も高くなってきている。このままでは、完全に炎に包まれる前に、蒸し焼きになりかねない。

館から煙が出ていることくらいは、もう他の住民にも気づかれているのだろうか。けれど一階がすでに火の海になっているとしたら、助けは期待できまい。そんなところに飛び込んでこようという人間は、よほどの命知らずか――あるいは。

リーディアは顔を下に向け、自分の左手を見つめた。

薬指に嵌めた指輪の黒水晶が、さっきから何かを訴えるかのように、はっきりと赤く輝いている。

――いざという時、君の助けになるかもしれないから。

ルイの言葉を思い出す。

どうやらこの指輪には、なんらかの細工がされていたらしい。心配性なところもあるルイが、まだ頼りなくて危なっかしい新妻のことを思って、これを用意してくれたのだろう。

リーディアを守るために。

だったら自分はどうしたらいい？　ルイが何かの手を打ってくれるのを大人しく待つ？　または、それ以外の誰かがこの火を消してくれるのを待つ？　それとも、奇跡が起きるのを願ってひたすら待つ？

「待つことしか、できないなんて……」

ぽろりと言葉を落とした瞬間、猛烈に自分が情けなくなった。

指輪が、ルイが、他の誰かが、自分の代わりにこの状況をどうにかしてくれるまで、リーディアはここでじっと待つしかないのか。怯《おび》えながら、祈りながら、どうすればいいのか判《わか》らず、何もせず。

まるで人形のように。

――それでは、ローザ・ラーザ王国にいた時と、一体なんの違いがあるというのだろう。

狭い箱の中に閉じ込められ、ただ黙って死を待つばかりなら、あの頃の自分と何も変わらない。

ルイに出会ってからともに過ごした時間も、カラの国でリーディアが経験してきたたくさんのことも、多くの人たちが自分に与えてくれたものも、すべてが無駄だったということになる。

「そんなこと……」

そんなこと、許されるはずがない。

リーディアは強く唇を嚙《か》みしめた。

ルイに守られるだけの自分が、ずっと歯がゆくてたまらなかった。それではいつまでも自分たちは、庇護《ひご》する者とされる者の関係から抜け出せない。夫と妻は対等だと、カラの国では皆が口を揃《そろ》えて言っていたのに。

だったら――そう、だったら、自分も行動を起こさなければ。

ぎゅうっと拳を握り、リーディアはくるっと向きを変えて、壁のほうへと向かった。

聖クラーラの鏡のまがいものには目もくれず、その近くに置かれてあった派手な装飾の剣の柄《つか》を摑《つか》んで、両手で持ち上げる。

剣はかなりの重量があった。一度も武器を持ったことがないリーディアの細腕では、とても片手で振り回すことなんてできそうもない。ともすれば、剣の重みにつられて、よろけそうになってしまう。

鍔《つば》のすぐ下を握り、窓の近くにまで寄って、両足を踏ん張った。

「くっ……」

剣を振り上げ、ガン！　と鞘《さや》先を思いきりガラスに打ちつける。

ビビビ、と振動はしたが、その一撃をもってしても窓は割れない。リーディアは唇を引き結び、痺《しび》れる手に力を入れ、もう一度剣を振り上げた。

扉の隙間からはどんどん煙が侵入してくる。じわじわとこもる熱気に、身体《からだ》が炙《あぶ》られるようだった。重い剣を持ち上げ、ガラスにぶつけるたび、全身からどっと汗が噴き出す。

ガン、ガン、と暴力的な音が室内に響いた。

数回続けたら、呼吸が荒くなった。空気を大きく吸い込むと、鼻と口から熱が入って、喉が灼《や》けそうなくらい痛い。視界は悪くなっていく一方で、その上煙でやられて涙が止まらなかった。

手の甲で涙と汗をいっぺんに拭い、リーディアはまた剣を持ち上げた。

これからもルイと二人でずっと、同じものを見ていたい。

けれど、彼が前へ進もうとするのを止めたり、邪魔したくはない。

……その二つの願いを両方叶《かな》えるためには、自分もまた止まらずに進んでいくしかない。

リーディアはルイの「伴侶」でありたいと望んでいる。手の中に入れられるのではなく、彼の隣に並んで、手を携えてともに歩きたい。

そして一緒に幸福になりたいのだ。

結婚式で誓ったのは、そういうことのはずだった。

諦めない。もう箱の中でじっと待つだけのことはしない。自分は必ず外へと出ていく。そして足を使って歩いていくのだ、この先へ。

――外へ！

ガラスに叩きつけた鞘の先が、ガツンと大きな音を立てた。

ピシ、と亀裂が入る。

リーディアは喘《あえ》ぎながら渾身《こんしん》の力を振り絞り、もう一度大きく剣を振りかぶった。両腕はさっきからずっと痺れて重く、柄を握り続けるのも限界に近い。汗で貼りつく銀髪を、勢いよく振って払いのけた。

亀裂の真ん中目がけて鞘先を振り下ろすと、バンッ！　という音を立ててガラスが粉々に砕け散った。

途端に、風がびょおっと一気に吹き込んでくる。リーディアは激しく咳き込んで、窓枠から自分の頭を出した。

やっと思いきり空気が吸える。

その時だ。

「リーディアっ!!」

窓の下から、怒鳴るようにして自分の名を呼ぶ声が聞こえた。

「ルイさま……！」

汗みどろになった顔を向けると、庭に立ったルイが険しい表情で、こちらを見上げている。

彼もまた両肩で荒く息をしていた。どこから駆けつけてきたのだろう。

いいや、ルイはいつも、どこからでも、必ずリーディアを迎えに来てくれる。

「リーディア、飛び降りろ！　必ず受け止める！」

そしてこんな風に、自分に向かって両手を差し伸べてくれる。

「はい」

強風に煽《あお》られた髪をはためかせ、リーディアはにっこり笑って窓枠に手をかけた。

恐れるものなど何もない。ルイがいてくれるなら、どこだって。

スカートの裾を持ち上げ、足を窓枠に載せて、よいしょとよじ登る。後ろからはもうもうと煙が迫っていたが、なんとも思わなかった。リーディアの目と心は、ルイただ一人だけに向けられている。そこへ飛び込んでいくのに、迷いも躊躇《ちゆうちよ》も生じない。

細い窓枠の上にまっすぐ立つと、間を置くことなく、ふわりと空中へ身を投げ出した。

「怖がらな……えっ」

どうやらルイは、リーディアが一瞬もためらわずに二階の窓から飛び降りるとは思わなかったらしい。ぎょっとしたように目を見開くと、慌てて両足に力を入れた。

束《つか》の間《ま》の浮遊感の後、ドサッという重い音とともに、「ぐえ」と呻《うめ》き声《ごえ》がした。リーディアを受け止めたルイが体勢を崩して倒れ、砂ぼこりが周囲にもわっと立ち上る。

しかし身体にはしっかりと二本の腕が廻《まわ》されたままで、ついでに言うと、お尻の下にはルイのお腹《なか》があった。

「だ、大丈夫ですか？　ルイさま」

「も……もちろん大丈夫……リーディアの尻に敷かれるなら本望……」

視界がぐるぐる廻っているのか、瞬きをしながら頭を振っている。

なんとか上半身を起こすと、ルイはおそるおそる、自分の腕の中にすっぽり入ったリーディアの顔を覗《のぞ》き込んだ。

「……リーディアこそ、大丈夫？」

「はい」

「煙は吸ってない？」

心配そうに訊《たず》ねながら、乱れた髪を手で梳《す》いて整えてくれる。間近にあるその顔を見て、リーディアの胸にじわじわと喜びが湧いてきた。

助かった。生きている。またこうして愛する人の顔が見られて、声も聞ける。

触れ合える。

「ルイさま、わたくし、頑張りました」

彼の首に両腕を廻して、少しだけ自慢げに胸を張ってそう報告すると、ルイが目元を緩めた。

「うん、俺の奥さんは、とんでもなく凄《すご》い人だからね」

それから小さく息をつき、リーディアをぎゅっと抱きしめる。

「……だけど、指輪の光の先が火に包まれているのを見た時は、心臓が潰れるかと思った」

その手が、わずかに小さく震えていた。

頬と頬を寄せて、リーディアの頭を撫《な》で、肩に額を押し当てて、目を閉じる。

そこにちゃんと存在しているのか確認するようなその動作の一つ一つが、普段よりもずっと真剣で、慎重だった。いつでも余裕を見せて、何が起きても動じずに対処できるルイが、今はまるで子どものようになかなか手を離そうとしない。

はー……と今度は深く長い息を吐き出した。

「ごめん、俺の判断が甘かった。何があっても、君を一人にすべきじゃなかったんだ」

本気で落ち込んでいるらしく、悄然《しょうぜん》と肩を落としている。

リーディアは彼の顔にそっと手を添えて、目を合わせた。

「——判断を誤ったというのなら、それはわたくしのほうです」

「そんなこと」

「このようなところまで一人でついてきてしまったのは、わたくしの失敗でした」

「でも……」

「ですけど、わたくし、諦めませんでした。その失敗を取り返すために、精一杯考えて、行動して、突破口を自ら作りました」

「うん」

「それは、ルイさまが謝らなければならないことだったでしょうか？」

「…………」

ルイは虚を突かれたような顔をしてから、まじまじとリーディアを見つめた。

「いや……」

違う、と呟く。

その表情が引き締まり、身体に廻った両手にぐっと力が込められた。

「リーディアは、一人で危機に立ち向かった」

「はい」

「そして乗り越えた」

「はい」

「……今は、それを称《たた》えて、喜ぶべきなんだね」

ルイの強張《こわば》りがようやくほぐれて笑みが浮かび、リーディアはほっとした。

少し距離を取って、改めてルイがリーディアの全身を感心したように眺め廻す。

「どこもかしこも煤《すす》だらけだけど、それも勲章か」

「顔も真っ黒になってしまいました」

「本当だ。だけど、今のリーディアは、いつにも増して綺麗《きれい》に見えるよ」

「まあ。では、ずっとこのままでいましょうか？」

「それはやめて」

こつんと額同士を軽くぶつけて、ルイが肩を揺すって笑う。リーディアも明るく笑った。

「あの！　そんな場合ではないことに、そろそろ気づいてもらえませんか!?」

顔を上げたら、ぜいぜいと息を乱しながら走ってきたディルクが、血相を変えて叫んでいる。

大司教の館は、ごうごう音を立てて燃え盛り、すでにあちこちが崩落し始めていた。あともう少し遅かったら、炎に呑《の》み込まれていただろう。

ルイが地面から立ち上がり、リーディアに向けて手を伸ばす。

「じゃあ行こうか、リーディア。俺はもう、君の目を塞いでおくのをやめるよ。二人で一緒に戦って、カラの国へ帰ろう」

「はい！」

リーディアは力強く返事をして、彼の手をぐっと握った。

＊＊＊

大聖堂、鏡の間は、さらに混迷の度合いが深まっていた。

集められた修道士と修道女は、全員が例外なく困惑に包まれているようだった。部屋の隅に固まった孤児たちも、不安そうに、そして怯えるように、互いに身を寄せ合っている。

その中に、コリンナの姿はない。

「大司教さま、このようなこと……一体どうなさってしまったのですか？」

これまでずっと大司教の言葉には疑問を抱くことなく従ってきたヴァンダでさえ、戸惑いながら異議を申し立てていた。

無理もない。

大司教の傍らには、数人の修道女がそれぞれ縄でぎっちりと身体を拘束されて、その場に座らされている。彼女たちは皆、泣きながら「どうして」と叫んでいたり、「お許しください」と慈悲を乞うたりしていたが、大司教はそちらに視線すら向けることはなかった。

「私のやり方に不満でもあるのかね、ヴァンダ」

大司教に低い声で問われて、ヴァンダは一瞬言葉に詰まった。

「不満なんて……そんな……でも、これではまるで罪人のようだと」

「この者たちは、悪魔に取り憑《つ》かれてしまったのだ。それが罪人でないと、どうして言えるのだ？　悪《あ》しき心に負けてしまうとは、なんと情けない」

深い息を吐き出す大司教の顔も声も、悲嘆に暮れていた。罪人扱いされた修道女たちよりも、己自身を憐《あわ》れむように。

「ヴァンダ、おまえは清く正しい神の僕のままであっておくれ。この者たちのように、邪なるものに精神を乗っ取られてはいけない」

諭されるように言われて、ヴァンダの視線がふらりと揺れた。

今までだったら、「もちろんです！」と即答していただろうその胸には、新しい何かが芽生えているらしかった。それが彼女に、返事をためらう迷いを与えている。

自分が信じていたものは果たして本当に唯一の正しい答えなのだろうかと、ヴァンダは今この時になって、はじめて自問しているのかもしれなかった。

「修道女たちはさっきは興奮していましたが、今は落ち着いております。聖クラーラの鏡が割れて、取り乱してしまったんです。どうか、せめてこの縄を解いてくださいませんか」

「そして縄を解いた後、この者たちがまた暴れ出さないと言いきれるのかね？　そして誰かに危害を加えたら？　ヴァンダ、おまえはその時、責任を取れるのか？　大体、鏡が壊れたからといってあのように大声で喚《わめ》いて暴れるなど、それこそ修行が足りないという証《あかし》ではないか」

「で、でも、このままというわけにも」

「無論、このままにはしないとも。この者たちはこれから完全に悪魔が抜けきるまで、修道院内の一室に閉じ込める。心身ともに空っぽの状態になるまで、三日でも四日でも、水と食物を断たせるのだ」

「そんな……！」

ヴァンダは青くなった。

ただでさえ修道女たちは、日頃の質素な食事のせいで、慢性的な栄養不足状態に置かれている。

この上三日も四日も水と食物の摂取を禁じられたら、間違いなく倒れてしまう。

いや、下手をすれば死ぬ。

「大司教さま、どうかお考え直しください。それに、聖女さまは今どちらにおられるのですか？」

縋《すが》りつくように大司教の祭服を摑んだが、その手は邪険に振り払われた。

いつだって優しく慈悲深く、自分に伸ばされた手は温かく包み込んできた大司教に冷ややかな目を向けられて、ヴァンダは愕然《がくぜん》としている。

「聖女さまは、壊れた鏡を新しくするための大事な儀式中だ。誰も邪魔してはならん、と言ったはずだが」

「そ……いえ、でも」

「そんなことより、コリンナを早く見つけてきなさい。あの子どもこそ、すべての災いの元だ。きっと本当のコリンナは親と一緒に死んで、その亡骸《なきがら》に入り込んだ悪しき魂が肉体を動かしているに違いない」

「あ、あの子は……いえ、コリンナを見つけたら、どうなさるおつもりなのですか」

「あれはもう人の子ではない。小さくとも、恐ろしい力を持った魔女だ」

「魔女……」

「魔女は火炙《ひあぶ》りにせねばならない」

きっぱりと言いきられたその言葉に、ヴァンダは大きく目を見開いた。

足が頼りなく揺れ、よろよろと後ずさる。恐怖に染まった瞳は、「魔女」と決めつけられたコリンナではなく、目の前にいる大司教へと向けられていた。

「わ、私は」

泣きそうに顔を歪《ゆが》め、喉の奥から絞り出した声は悲痛さを帯びている。それは、これまでなんの疑問も持たずに大司教のすべてを受け入れてきた、自分自身に対する訣別《けつべつ》でもあったからだろう。

ぐっと拳を握り、ゆっくりと首を横に振った。

「私は、今の大司教さまを信用できません……ですから、その命令には従えません」

はっきりした口調で、そう言った。

大司教が大きなため息をつく。

「そうか……残念だ、ヴァンダ」

「大司教さま、どうか」

「おまえまでが、神の御心《みこころ》を裏切るとは」

「お聞き入れください、大司教さま……！」

ヴァンダがいくら説得を試みても、大司教がそれに耳を傾けることはなかった。額に手を当て、悲しげに何度も首を振る彼の姿は、神に背いた信徒を嘆き、それでも決断を下さねばならないことへの苦渋に満ちている。

「仕方ない……おまえたち、ヴァンダも捕らえなさい」

指差された修道士たちが、当惑したように顔を見合わせた。

「大司教さま！」

「縄で縛り上げて、そこの者たちと一緒に部屋に閉じ込めておくのだ。さあ、何をしているのかね、急ぎなさい。コリンナも早く見つけて――」

「お待ちください！」

その時、大声を張り上げて、ディルクがまろぶように鏡の間の中へ飛び込んでいった。

扉の裏に立って様子を見ていたルイが、「あーあ」と小さく呟く。

「我慢ならなかったか……まあ、しょうがない」

「ディルク……！」

ヴァンダはディルクの姿を見て、ホッとした顔になった。涙で滲《にじ》んだその目に、希望の明るい光が灯《とも》る。ずっと固いままだった表情に、ようやくわずかな笑みが戻った。

その人がそこにいるだけで安心を得られる。萎えかけた足に力が入り、しっかりとそこに立っていられるようになる。一人の時よりも、確実に強い自分でいられる。

――それこそが「信頼」というものではないかと、リーディアは思う。

「もう、やめてください」

ディルクはヴァンダを自分の背中に庇《かば》い、大司教と正面きって対峙《たいじ》した。

「ディルク、おまえまで私と神を裏切るというのかね？」

悲しげに眉を下げる大司教に、いつも無表情を貫いてきたディルクは、一気に顔をくしゃくしゃにした。

彼だって、ヴァンダと同じく大司教を慕っていたのだ。十三の時に親を亡くしたディルクにとって、その人は唯一の頼れる大人であり、寄る辺のなくなった自分を守ってくれる人であり、尊敬と憧れを向ける対象でもあったのだから。

「……俺たちを裏切ったのは、あなたのほうではないですか！」

だから彼のその叫びは、まるで血を吐くかのようなものだった。

「私が……？」

「では聞くが、これまで引き取られていった孤児たちは、どこに消えた？」

ディルクの問いに、大司教は口を噤《つぐ》んだ。しかしその顔に驚きは見られない。今は大司教のほうが、何を考えているのか窺《うかが》えない無表情だった。

「どうしてそんなことを？　もちろん、皆、幸せに暮らしているとも」

「だったらなぜ、手紙の一つも寄越《よこ》さない？　なぜ誰一人としてここを訪れない？　いなくなった孤児たちのその後の消息が判らない？　なぜ、誰もかれもここを出ていった途端、ぷっつりと足取りが摑めなくなってしまうんだ!?」

その詰問に、ヴァンダはうろたえたように「え？　え？」とディルクと大司教の顔を見比べた。

「皆、新しい人生を歩き出したのだから、過去に囚《とら》われる必要はあるまい。ここを出ていく時、もう戻ることは許さないと言い含めてあるのを、おまえもよく知っているだろう？」

「ああ、そうだとも。俺だってずっとその言葉を信じていた。疑ったこともないから、調べもしなかった。コンラートも、ザシャも、エルマも、ここを出ていった後は、引き取られた先で幸せに暮らしているものだと思い込んでいたんだ……！」

ディルクは食いしばった歯の間から、呻くように声を出した。

「それが真実だ」

「だったら、これはなんだ!?」

ディルクが修道服の下から取り出して突きつけたのは、しわくちゃになった一枚の紙だった。

「それは……？」

そう訊ねるヴァンダの表情は、不安に覆われている。

ディルクはちらっと彼女を見て、震える手でさらにその紙を強く握りしめた。

「手紙だ……レーネからの」

「レーネ？　半年前にここを出ていった？　手紙をくれたのね？」

息をつくヴァンダの顔に、いくばくかの安堵《あんど》が滲んだ。

ちゃんと手紙が届いていたのなら、彼女は今も元気でいるということだ。咄嗟《とっさ》にそう考えて、胸の中の恐れと焦慮を払いのけようとしたのだろう。

しかし、ディルクはさらに暗い目をした。

「十五になったレーネは、子どものいない夫婦の養女になるという名目で引き取られていった。素直で従順な性格だったから、きっと可愛《かわい》がられるだろうと、俺たちはいつものように自分に言い聞かせて、彼女の旅立ちを祝いながら見送った。それがまさか……こんな」

ガサガサという音をさせながら手紙を広げ、目を落とす。

「大聖堂宛ての郵便物は、すべて大司教が最初に目を通す。今までだってこういう手紙は、何枚もあったんだろう。誰かの目に触れる前に、ひそかに握り潰され、始末されていただけの話だったんだ。……だが、この一通だけはどんな偶然か、大量にあった郵便物の中からこぼれ落ちて、その厳しい検閲から逃れたらしい。いや、きっとそういうのこそ、『神の思《おぼ》し召《め》し』と呼ぶのだろうと、俺は思う。命を懸けて必死に助けを求めたレーネの言葉を、神が俺に届けてくださったんだ」

「い……命を懸けて、って？」

ヴァンダが目を瞬く。

ディルクはそれには答えずに、手紙を読み上げた。

たすけて、から始まるその文章は、最初から最後まで、悲痛な叫びばかりが綴《つづ》られていた。

「――『たすけて、たすけて、ここはまるで地獄のよう。毎日、毎日、あの男が部屋にやってきます。なぜ私は、こんなことになっているのでしょう。幸せになれと送り出されたのに、朝から晩まで屈辱を与えられ、血が出るほど唇を噛みしめながら、苦痛だけの時間がただ通り過ぎるのを、我慢し続けていなければならないのでしょう。私は優しい夫婦の養女になるはずだったのに、ここには、残忍で、暴力的で、いやらしく笑う、肥《ふと》った男しかいません。私は常に、その男の奴隷であることを強要されています。これが神の試練だというのなら、もう耐えられない。一日も早くここから救い出してください。お願いします、お願いします、どうか私をたすけて、そうでなければ死なせて。またあの男が来る前に、一刻も早く』……」

抑揚のない口調で読み上げられた文面に、ヴァンダの顔が白くなった。

他の修道士たちも全員、凍りついたように動かない。縄で縛られた修道女らは、泣くのも叫ぶのもやめて、信じられないものを見るような目をディルクの手にある紙に向けている。

無音に近い静寂の中で、ディルクの声だけが響いていた。

「監禁された不自由な身の上で、レーネはどうにかこれを書き上げたんだろう。文字が真っ赤なのは、たぶん自分の指を切って、その血でしたためたものだからだ。そしてやっとの思いで大聖堂に向けて送った……大司教、あんたのことを信じて。これを読みさえすれば、必ず助けてくれるはずだと一抹の期待を抱いて」

俺もそうだった、としゃがれた声で呟いた。

「きっと何かの手違いで、レーネはそんなことになってしまったのだと思った。あるいは、人の善意を信じすぎた大司教が言葉巧みに騙《だま》されたのだと——もしもこれを知ったらどんなに衝撃を受けるだろう、自分を責めるだろうと、俺のほうが苦しくなるくらいだった」

「ち……違うの？」

ヴァンダの震え声に、目を伏せる。

「煩悶《はんもん》した挙句、俺は一人でこの件をなんとかしようと考えた。三か月前、無理に用事を作って出かけたのは、レーネが手紙に記した場所を訪ねるためだったんだ」

「レーネは……」

その問いには、つらそうに首を横に振った。

「……間に合わなかった。俺がそこを見つけた時にはすでに、レーネは窓から飛び降りて死んでいた。俺はその屋敷に住んでいた男を捕まえ、徹底的に痛めつけて、なぜこんなことをしたのだと問い詰めた。そうしたらそいつは言ったよ、『何がいけないのか』と――『ちゃんと金を払って大司教から買い取った。それをどう扱おうと、文句を言われる筋合いなどない』とな。本気で何がいけないのか判らない、というような不思議そうな顔をしていた」

ヴァンダは全身を震わせた。とうとう立っていられなくなったのか、その場に崩れるようにしてへたり込む。

「俺はそれから血眼になって他の孤児たちの行方を探した。大司教の目を盗んで机や棚の中を漁《あさ》り、怪しそうな書類にも片っ端から目を通した。……信じたかったんだ。大司教主導で人身売買が行われているなど、考えたくもなかった。だが――」

ディルクは歯を食いしばり、頭《こうべ》を垂れた。

「そんな……なんてこと……」

ヴァンダの口から小さな呻きが漏れる。

今まで「元気でね」「幸せになって」と送り出してきた彼女の孤児仲間——幼い子ども、少年少女たち、十代の娘らの顔を、一人一人思い浮かべているのかもしれなかった。

「ど……どうして、今まで黙っていたの……？」

「言ったところで、おまえは信じなかっただろう？」

叩きつけるように反問されて、ヴァンダは唇を引き結んだ。

その口から、否定の言葉は出てこない。聞かされたところで、一笑に付していたか怒り出していたかのどちらかだっただろうと、本人がいちばんよく知っているようだった。

「……次は、おまえの番だったんだ。ヴァンダ」

唸《うな》るようなその声に、はっとして目を瞠《みは》る。

「知って……」

「裕福な商人の目に留まったと、そう言われていたんだろう？　それは確かに嘘《うそ》じゃない。しかしおまえが行くことになっていたのはこの領のどこかではないし、マナ帝国内ですらない。ここを出ていったら、すぐにでも国外へと売り飛ばされる算段になっていた」

ヴァンダの顔からざっと血の気が引いた。

「なんとか阻止しようとした。何もかも打ち明けようかと何度も思った。もう、おまえを連れて逃げるしかないとも……だが、嘘だ、嫌だと突っぱねられたらと考えると……それに、それではこれからも続く悲劇を食い止めることはできない……」

小さく呻いて、ディルクは固めた拳でがつんと胸を叩いた。がつん、がつんと続けざまに何度も打った。不甲斐《ふがい》ない自分を痛めつけるかのように。

彼はずっとそうやって一人だけで、重すぎる現実に立ち向かおうとしていたのだ。

「ディ……ディルク」

ヴァンダの大きな目から、ぽろっと涙がこぼれた。

「――さて、話はそれだけかね、ディルク」

その時、朗々とした声が鏡の間の中に響き渡った。

誰もが夢から覚めたような面持ちで、大司教のほうを向いた。

「まったく……何を言うかと思えば、ずいぶんと悲愴《ひそう》な物語を作り上げたものだ」

いかにも「手に負えない」というように大きな息を吐き出した大司教を、眦《まなじり》を吊《つ》り上げたディルクが睨《にら》みつける。

「すべて俺の作り話だと？」

「まさかそれが『真実』だなんて言い張るのではないだろうね？　私が孤児を売っていたなんて、荒唐無稽な話が本当だと？　敬虔《けいけん》に神に仕える大司教の、この私が？　なんというバカバカしいことを！」

「証拠もある」

「妄念に取り憑かれたおまえが、でっち上げた『証拠』だろう？　可哀想《かわいそう》に、ディルクよ、おまえもまた、頭がおかしくなってしまったのだ。それで、ありもしない夢想に囚われ、そのようなうわ言を口走るようになったのだろう。おまえに必要なのは、神よりも適正な治療のほうなのかもしれないね」

しみじみとしたその顔は、ディルクを不憫《ふびん》がっているようにしか見えない。

「俺は――」

「では聞くが、私はなんのためにそんなことをしたと言うのだね？　金のため？　我欲のため？　私が贅沢《ぜいたく》などとは縁がないことを、ここにいる皆がよく知っているはずだが？　衣食住のすべてを犠牲にしてでも、私はこの領の発展のために尽くしてきた。天変や不作の時には、私財をなげうって領民たちを助けてきた。その私が、孤児を金で売る？　なぜ？」

「…………」

ディルクが押し黙る。

彼にも、その理由は判らないようだった。大司教は確かに、金銭に対して執着を見せたことは一度もなかったのだろう。

「皆はどう思うのだね？　これまでずっとこの領に人生を捧《ささ》げてきた私と、今日になって突然このようなことを言い出したディルクの、どちらを信じるのだ？」

確認するように問いかけて、大司教はぐるりと周りを見回した。そこにいる全員が、最初は当惑を混ぜ込んだ顔で、次第に難しい表情になってざわめき出す。

疑惑に彩られた眼差《まなざ》しは、大司教ではなく、ディルクのほうへと向き始めていた。

彼がこれまで、すべての秘密を自分の中にのみ押し込めていたことも、不利な方向に作用したに違いない。

「……やっぱり、こうなるのか」

ディルクの目が絶望に染まる。苦しげな顔で首を振り、彼らからの不信に押されるように、じりっと後ずさった。

「ディルク……」

ヴァンダがふらつきながら立ち上がって、彼のほうへと足を踏み出す。この中で彼女だけは、瞳を揺らすことなくまっすぐに、ディルクを見つめていた。

「――それはつまり、あんたが欲しがっていたのが、金なんて判りやすいものじゃなかった、というだけのことだろ?」

いきなりその場に割って入った新しい声に、全員が飛び上がるように反応した。

のんびり足を動かして部屋の中に現れた、闇のような漆黒の青年を見て、ぽっかりと口を丸く開ける。

彼の傍らに立つリーディアの姿に、大司教もまた驚愕《きょうがく》して大きく身じろぎした。

「聖女さま!」

喜色を滲ませた声を上げるヴァンダに、リーディアは笑いかけた。

「はい、ただいま戻りました」

大司教が一歩、後ろへと下がる。ディルクに何を言われても崩れることのなかった余裕が消え、その顔からは汗が噴き出していた。

「ど……どうして」

「世の中には、あんたの思いどおりにならないこともあるってことさ」

ルイは素っ気なく言って肩を竦《すく》めた。

「そろそろボロが出てきてるね。いや、あんたが作った『完全な世界』ってやつは、もうとっくに瓦解し始めていたんだよ。そもそもが上っ面を嘘で塗り固めた、継《つ》ぎ接《は》ぎだらけの脆《もろ》いものだったんだから。……むしろ、今までよく保《も》ったほうだ」

「嘘で塗り固めただけ……だと」

大司教の声が掠《かす》れた。ルイに向ける目が、どろりと濁る。

「この状況を、他にどう言えばいいんだい。ほつれ出したところから、その部分だけを不器用に塞ごうとするから、次から次へと別の場所に穴が開いていくんだ。あんたはそろそろそれを自覚すべきだよ」

「黙れ！」

轟《とどろ》くような大声に、その場にいた人間たちが揃ってビクッとする。子どもたちはよりいっそう身を縮め、ぶるぶる震えながら涙を落とした。

怯えきった彼らの目に、今の大司教はどのように映っているのだろう。

「おまえたち、早くこの悪魔を捕らえるのだ！」

その言葉に、修道士たちは目に見えて狼狽《ろうばい》した。

「し……しかし、彼は聖女さまのお連れで、賓客だと……」

「このような恐ろしい異形の者が、神聖な大聖堂の賓客などであるものか！　あの二人はブラネイル大司教領を穢《けが》す魔性だ！　無作法な侵入者だ！　そうだ、コリンナもディルクも、あの悪魔に惑わされたに違いない。聖女を騙《かた》る娘ともども、全員、火炙りにせねばならん！」

唾を飛ばして喚く大司教からは、もはや普段の温厚さは消え失《う》せている。自分の過去の言動を一蹴してころりと掌《てのひら》を返すその態度に、さすがに違和感を覚え始めたのか、修道士の中でその命令を行動に移そうとする者はいなかった。

誰もが、剣に手を伸ばそうとしては、躊躇したように止めて、周りを窺っている。

「私の言うことが聞けないのか!?　おまえたちはこれまでもこれからも、私だけに従っていればいいんだ！」

「ほらね、その場その場で適当に取り繕うから、いざという時そこが破れて本性が現れる。下劣で醜悪な本音が覗き出す。……あんたが欲しいのは金じゃなく、人々からの尊敬と賛辞だ。お偉い大司教さま、ご立派な大司教さまと持ち上げられて、崇《あが》められることが、なにより重要だったんだろう?」

　ディルクが驚いたように目を見開いた。

「尊敬と賛辞……そんな、そんなことで……?」

「人間の中には、金よりも権力よりも、他人からの称賛を得るのが最も気持ちいい、ってやつがいるんだよ。そういう快感は一度虜《とりこ》になると、なかなか抜け出せない。『清廉で気高く慈悲深い』と心酔されるためなら、見境なしに孤児を引き取った挙句、扱いに困ってポイッと売り払うことも厭《いと》わない。違法薬物の元になるものを栽培させて領を富ませるなんて無分別なことも平気でやる。本質は悲惨そのものでも、『善行』を施しているつもりの当人に、罪の意識なんてない。孤児も領民も、自分を気持ちよくさせるために存在しているだけのものなんだから、無関係なところで誰がどれだけ苦しもうが、これっぽっちも気にしたりしないのさ」

　ヴァンダがディルクの服をギュッと握って、怯えるように大司教に目をやる。他の修道士と修道女は判断に困っているのか、誰もが茫然《ぼうぜん》と立ち尽くしていた。

　大司教は口の端を上げた。本当は笑い飛ばそうとしたのかもしれないが、それは妙にぎこちなく歪《いびつ》な、「笑いのような何か」になっただけだった。

「……くだらない」

「そうかい? まあ、そういうのは気づかれにくいからね。どれだけ中身が常人と違おうと、俺の尻尾と違って目に見えないし、表面的にはそれらしく整った形になっているもんな。だからこれまで誰も、あんたの暴走を止められなかった」

でもさ、と続けて、ルイがリーディアの手を取る。

そしてさりげなく自分の後ろへと誘導しながら、もう一方の手でするりと黒水晶の耳飾りを外した。

「そもそも、どうして大聖堂内で怪異が起こるようになったか、判るかい？　それはね、浮遊霊を引き寄せる『元凶』が、ここにいるからなんだよ。……これまでさんざん悪業を積み上げたね、大司教。あんた、やり過ぎたんだ。その際限のない欲のために傷つけられ、犠牲になった人々の恨みつらみが、あんたの後ろで真っ黒に凝り固まって渦を作ってる。その渦に巻かれるようにして、霊が集まってくるんだ。死霊ってのは、負の思念と陰の気に引きつけられるものだから」

ははは、と大司教が乾いた笑い声を立てた。

「死霊だと？　何を馬鹿な……誰がそんな世迷言《よまいごと》を信じるものか」

「目には見えないから？　だったら、『見える』ようにしてやるよ」

言いながら、ルイが片手をまっすぐ前方へと突き出した。

その掌の上で、黒水晶の耳飾りがぽうっと青白い光を発している。

「――この世ならざるもの、理《ことわり》から外れしものよ、祓《はら》い屋『誄《るい》』の名において、束の間、おまえたちの姿を隠す現世の壁を取り払う。影は光に、光は影に。闇に蠢《うごめ》くその存在を明らかにし、すべての者に知らしめろ！」

唱え終わると同時に、黒水晶が強烈な輝きを放った。

そこにいた人々が悲鳴を上げて手をかざし、顔を背ける。

リーディアもまた眩《まぶ》しさに目を瞑《つぶ》ったが、そろそろと瞼《まぶた》を開けると、目の前の光景はさっきとは一変していた。

「ひっ！」

「きゃあっ！」

目を開けた修道士と修道女が、次々に息を呑み、叫び声を上げる。青ざめた顔を強張らせ、「それ」から逃げるようにざっと身を引いた。

全員が、本物の悪魔を見たかのように、恐怖を浮かべている。

一人、遠巻きにされた大司教だけが、彼らの反応を訝《いぶか》しんでいた。修道女たちに向けて足を動かし、「こ、来ないでっ！」と拒絶の悲鳴を迸《ほとばし》らせる彼女らに眉を寄せる。

大司教には見えないのだろうか。

彼の後ろには、黒々とした不気味な塊が、ぐるぐると渦を巻いている。

その渦はひゅううと小さな唸りを上げて、今にも背後から大司教に喰《く》いつこうとしているかのように見えた。

そして鏡の間には、それ以外にも「今までは見えなかったもの」の姿が現れていた。

もわっとした白い靄《もや》が、まるで長く尾を伸ばすようにして空中を漂っている。それも、一つや二つどころの話ではない。

驚くほどに大量の――

「浮遊霊……」

リーディアは呟いた。

クラーラの鏡に映っていた霊の姿が、黒水晶の輝きに照らされて、今は肉眼でも見える。

鏡が割れ、行き場を失《な》くしたようにふわふわと宙を彷徨《さまよ》う浮遊霊は、大司教に近づくと、その黒い渦に巻き込まれ、あるいは呑み込まれ、中に入って一体化した。

白い靄のようなその姿は、渦の中に入ると、同じように黒く染まってしまう。

……このままでは、あの渦は大きくなる一方なのではないか、というのが誰の目にも明らかだった。

「なんだ、何をしている、おまえたち。早くあの男を捕らえんか！」

苛立《いらだ》つように声を荒げる大司教は、雰囲気だけでなく、その顔つきも徐々に変わりつつあった。

皺《しわ》に埋もれた目が吊り上がり、炯々《けいけい》と鋭く光り出す。ずっと歯軋《はぎし》りをし続けているためか、ギリギリと嫌な音が響いていた。息遣いが忙しくなり、唇の端からは泡が噴き出している。

「殺せ、火炙りにしろ、私の邪魔をさせるな。私が言葉にしたものが真実だ。是非も、善悪も、この私が決めたものがすべてなのだ！」

出てくる言葉はもはや、誰からの返事も求めていないようだった。

「完全な世界」は、彼の中のみで成り立っているものなのだ。

「いつの間にか、自分こそが神にでもなったかのような錯覚に陥っていたんだろうね。罪を重ね、禍々《まがまが》しいものを集めすぎて、背負ったものがこんな大物の悪霊にまで育ってしまった。ここまで来ると、もう手遅れだ。半分くらい自我が喰われてる。……リーディアを焼き殺そうとした報いは、すでに受けたか」

ルイは淡々と言った。

「大司教さま……」

他の人々が鏡の間から我先にと逃げ出す中、ヴァンダは両手を組み合わせて、悲しげに大司教を見つめていた。

縄で縛られていた修道女たちを助けた後で、ディルクが彼女の隣に立って、肩を抱く。

二人だけは、この場に残って最後まで事の次第を見届けるつもりらしかった。

「ルイさま、あの黒い渦を祓うのですね？」

リーディアの確認に、ルイは「それが仕事だからね」と当然のような口ぶりで答えた。

まったく迷いのない、落ち着き払った目をしている。ここからが、祓い屋としての彼の本領発揮だ。ようやく「依頼」を遂行できることに、安堵しているようにも見えた。

が、ルイは黒い渦に目をやり、少しだけ顔をしかめた。

「ただ、想定よりもだいぶ、相手の力が強くなっちゃったんだよなあ。鏡が割れたのも、その中に封じられていた霊が一斉に外に出てしまったのも、予定外だった……これはちょっと、手間がかかるかも」

「あら、じゃあ、あたしも協力するわ」

その新たな声は、不意に飛び込んできた。

リーディアたちが驚いて振り返ったその先に立っているのは、思ってもいなかった人物だ。

「やっと鏡から出られたんだもの。さあ、ちゃっちゃと片付けてしまいましょう！」

晴れ晴れとした顔でそう言って、張りきったように拳をぶんぶん振り回しているのは、今までずっと姿をくらませていた、コリンナだった。


「コリンナさん！」

リーディアはすぐその子どもに向かって駆け出したが、近くまで行ったところで、ぴたっと足を止めた。

「……？」

首を傾《かし》げて、しげしげとその顔を見る。

そこにいるのは間違いなくコリンナだ。肩に垂らしたお下げも、着ている黒いワンピースと白エプロンも、昨日見た時と何も変わらない。

が、雰囲気が、あの時とはまったく異なっている。

「コリンナ？　あ、そうそう、ええ、あたしの名前はコリンナよ」

まっすぐリーディアの顔を見返して、満面の笑みを浮かべたコリンナは、ボンヤリしたところも物怖《ものお》じした様子もまったく見られなかった。単語を出すことさえ難しそうだったのに、今は流暢《りゅうちょう》に言葉を操り、うんうんと頷《うなず》いている。

「コリンナ！　あんた今まで一体どこに……」

ヴァンダも仰天して駆け寄ってきたが、やはりその顔を見て動きを止めた。リーディアよりコリンナのことをよく知っている彼女も、現在のその少女には奇妙さを覚えるようだ。

コリンナは二人を見て、面白そうにニコニコしている。

「リーディア」

ルイはその場から動かずに、なんとなく苦々しげな表情で呼びかけた。

「その子はコリンナだけど、コリンナじゃない。中に別のものが入ってる」

「べ……別のもの？」

問い返して、リーディアは再びその顔に見入った。

ここにいるのは、コリンナだけれど、コリンナではない。

「あっはっは、そうなのよお～！　やっぱりあんたには判るのねえ！」

陽気に笑い飛ばして、コリンナは肯定した。

リーディアは上半身を屈《かが》めて、その「コリンナの姿をした誰か」と視線を合わせた。

「……コリンナさんでは、ないのですか？」

「あっ、この肉体はちゃんとコリンナのものよ！　この子の身体をちょっと借りて、こうして喋《しゃべ》ってるってわけ！　だってあたしにはもう実体がないんだもの、しょうがないじゃない？　今まで入っていた鏡は割れちゃったし！　まあ、あたしがこの子に呼びかけて割らせたんだけどさ、あっはっは！」

コリンナの中に入っている人物は、非常に饒舌《じょうぜつ》だった。ペラペラと一方的に早口で喋るので、リーディアは目が廻りそうになってしまう。

「ということは、『あなた』は今まで鏡の中に封じられていたと……」

「そう！　そうなのよ、イヤんなっちゃうわよね！」

「浮遊霊のうちのお一人、ということなのでしょうか」

「やっだ、違うわよ！　正確にはあたし、鏡の中に入った時には死んでなかったもの！　肉体から引き剝がされて精神が入っちゃったわけだから、まあ、魂だけの存在ってことかしら!?」

明るく訂正された内容に、リーディアは目を瞬いた。

死の間際、鏡の中に自分の魂を移した――という人物の話については、大司教から聞かされている。

「ひょっとして、あなたは……」

「クラーラ」

にっこりと返ってきたその名に、衝撃を受けたのはリーディアではなく、ヴァンダとディルクのほうだ。

「聖クラーラ!?」

二人の叫ぶ声が重なった。

「あらっ、『聖』は要らないわ。あたしはクラーラ、ただのクラーラよ」

当人はどこまでもあっけらかんとしている。

二百年ほど前、悪魔に穢されたこの土地を清め、鏡の中から見守り続けていたという、聖クラーラの魂。

それが今、コリンナの身体の中に宿っていると。

「鏡が割れて、中に封じられていた浮遊霊が解き放たれたのと同じように、クラーラさまの魂も外に出ていらっしゃった……ということなのでしょうか?」

「そうそう、そういうこと!」

ウンウンと頷くその姿に、深刻さも重々しさもまったくない。はっきり言ってしまえば、大変に軽い。ヴァンダとディルクは、頭に思い浮かべていた「聖女」のイメージからかけ離れた言動に、さっきから目を白黒させっぱなしだ。

「さきほど、コリンナさんに『鏡を割らせた』とおっしゃっていましたが」

「そうなのよ。なにしろホラ、あたしったら手も足もないじゃない？　鏡から脱出するためには、誰かの手を借りるしかなかったのよね。でも、みーんな鏡をありがたがって大事にするばかりでえ、ちっとも壊してくれないんだもの、困っちゃったわ」

それはそうだろう。

「脱出、されたかったのですか？」

「やーだー、あったりまえじゃない！　誰が好きこのんで、あんな狭くて息苦しい場所に閉じこもっていたいと思うもんですか！　まあ、魂だけだから、息が苦しいも何もないんだけどさ！」

あははは、と笑う。

何がなんだかよく判らないが、とりあえず、鏡から出られたのがものすごく嬉《うれ》しいらしい、ということだけはしっかり伝わった。

「ですが、クラーラさまは、ご自分から鏡の中に魂を移したのでは？　この地を永久に見守るために」

「まさか！　永久になんて、ゾッとするわね！　大体なんであたしが、ただ仕事で来ただけの、縁もゆかりもないこの土地を見守ってあげなきゃなんないの？　あれはね、事故なのよ、事故！　単なるうっかりミスよ！」

「ミス……」

「そうなの！　除霊中、あの鏡に自分の魂を吸い込まれちゃったの！」

「うっかり？」

「うっかりね！」

悪びれることなく認めて、コリンナの顔をしたクラーラはケタケタ笑い転げた。失神寸前のヴァンダを、ディルクが慌てて支えてやっている。

「そもそもあたし、除霊師としてはまだ半人前で、腕だって大してよくはなかったのよ。だけどある時、ひょんなことから、あのでっかい鏡を道具屋で見つけてね。それを使って仕事をするようになったらどんどん上手《うま》くいくようになったもんだから、ちょっと慢心があったのかしら。大口の依頼があって、これが成功したらさらに名が売れるわとホクホクしながらここに来たら、このザマってわけよ！　まったく欲なんて出すもんじゃないわあ！」

嘆くようにクラーラは言ったが、ルイはぼそっと「三流だ……」と呆《あき》れたように呟いた。

「クラーラさまは、除霊師だったのですか」

「そうなの！」

「ではあの鏡は、除霊のための道具であったと」

「だって勝手に霊を吸い込んでくれるじゃない!?　便利だなあって思ってたら、まさかの裏切りよ！」

とうとう黙って聞いていられなくなったのか、はあー、とルイが大きなため息をついた。

「……あのね、あの鏡は神器でも、ましてや除霊のための便利道具でもなくて、超強力な『呪具』

なんだよ。あんたのような半人前以下の素人が、生半可に扱えるものじゃない。利用されていたのはあんたのほうだし、邪魔になれば遠慮なく喉笛に喰らいつくさ。下手すりゃ、魂すら形も残らないくらいのしっぺ返しを受けてたんだぞ」

「あらやだ、そうなの？」

クラーラはコリンナの顔できょとんとした。

「やたらと霊が集まる場、それを吸い込む特異な媒体である呪具の鏡、魂だけの除霊師、そして聖女に助けを求めるディルクの切実な祈り——それらが複雑に重なって、カラの国に出現した召喚陣は異常な発動の仕方をした、と。これだけ元凶が揃えば、そりゃおかしなことにもなるってもんだよ、まったく」

ここに来て、ようやくあの不可解な召喚陣の真相に辿《たど》り着いた、というわけだ。

ルイがしみじみと息を吐き出すと、クラーラは感心したように目を丸くした。

「あんた、詳しいのね！　あたしの同業者？」

「一緒にしないでくれる？　もう本当、あんたと俺じゃ格が違うから。『同業者』なんて同じ括《くく》りにされたくない」

自分の仕事に真面目なルイは、クラーラに対しては非常に手厳しかった。

「やっだもう、固いこと言わないでよ、あはは！」

クラーラ本人は、これっぽっちも気にしていないようだが。

「というわけでね、鏡の中に閉じ込められて、ずっと助けを待ってたってわけなの！　んもー、ずいぶん時間がかかっちゃった！　今は何年くらいかしら？」

「……クラーラさまが鏡の中に魂を移してから、二百年ほど経過したと伺っております」

「二百年!?　うそ、本当!?　じゃあもう親も友人も、みんな死んじゃってるわねえ～」

その瞬間だけ、彼女の瞳に寂しげな影が差した。魂だけの存在になったクラーラにとって、変わってしまったのは世界のほう、ということになるのだろうか。

しかしその影はあっという間に消えた。

「だったらもう未練もないわ！　じゃあさっさとあの悪霊をやっつけてしまいましょう！」

クラーラというのは、どうやらかなりサバサバした、思いきりのいい性格の女性であるようだ。

「簡単に言ってくれるね」

ルイは眉を寄せている。その顔にはハッキリと「このヘボ除霊師が」と書いてあって、彼がそれをそのまま口に出すのではないかと、リーディアはハラハラした。

「あの、ところで、クラーラさま」

「うん!?　何かしら」

「本物のコリンナさんは、どうしていらっしゃるのでしょう」

「あ、大丈夫大丈夫。あの子の魂も、ちゃんとこの身体の中にいるわよ！　今は少しだけ眠ってもらってるの。悪いことにはならないわ、約束する」

薄い胸を叩いて請け負うクラーラの言葉に、リーディアはホッとした。これもまた「憑依《ひょうい》」と呼ぶのかは判らないが、コリンナの魂が目覚めた時、アグネスのように何も覚えていないのかもしれない。

「コリンナは、あなたのことがとても好きみたい」

クラーラが内緒話をするように、こっそり声を抑えて教えてくれた。

「わたくしもコリンナさんのことが好きです」

「少しでもあなたの役に立ちたいって、真っ暗な夜中、一人でこの鏡の間へ来たのよ。コリンナが上手に話せないのは、おもに精神的な理由が大きいの。きっかけさえあれば、自分に自信を持って、もっとハキハキ喋れるようになるわ」

「本当ですか？」

リーディアはそれを聞いて嬉しくなった。コリンナがこれから生きていくにあたって、それは間違いなく朗報だ。

「よかった……」

胸に手を当て、息を吐く。

クラーラはそんなリーディアの顔をじっと見て、「……あなたにも、不思議な力があるみたいねえ」と感心するように言った。

「わたくしにですか？」

「そうよ。持ち主の魂までパクッと食べちゃうような、困ったところのある鏡が、あなたの言うことは聞いたんだもの。人には馴《な》れない凶暴な獣が、急にご主人さまに忠実な飼い犬になっちゃったみたいに」

リーディアは戸惑った。

「……わたくし、あの鏡に何かを命じた覚えはないのですが」

「命じてはいないわね。でも、『あなたの声が聞けたらいいのに』って言ったでしょう？」

その言葉に、ぱちりと目を瞬いた。鏡がアグネスに憑依した霊を吸い込んだ時、確かにそんなことを口にした覚えがある。

もしも鏡の声が聞けたなら、自分たちがここに呼ばれた理由が判る。訴えも聞いてあげられる。自分にできることだって、見つかるかもしれないと。

「あたしは長い間——そう、二百年もの間、鏡の中から必死に呼びかけていたのよ。ここから出して、誰かあたしの声を聞いて、って。でも鏡はそれさえ許してくれなかった。あたしの言葉はすべてあの忌々しいくらい頑丈な鏡面に弾《はじ》かれて、内部で反響するばかり。なのに、あなたが一言言っただけで、するっとその戒めを解いた。だからあたしはやっと、コリンナに自分の言葉を届けることができたの」

「まあ……」

そう言われても、にわかには信じがたくて首を捻《ひね》るばかりだ。

それが本当だとしたら、どうしてあの鏡は、リーディアの言うことを聞いてくれたのだろう？

「不思議ね。あっちの青年と違って、あなたからは霊的なパワーがほとんど感じられないのに、従わせる力はあるなんて。う～ん……澄んでいる……色がない……？　なんて言ったらいいのかしら。なんというか、その『真っ白』なところが、その手のものを惹《ひ》きつけるのかしらねえ」

「真っ白、ですか」

「いいことばかりじゃないでしょうけどね。真っ白ということは、どんな色にも染まりやすい、ということでもあるもの。気をつけないと、いろんな色が混ざって黒くなってしまうかも……」

「そこまでだよ、三流除霊師」

ルイが口を挟んだ。

彼がクラーラに向ける目には、少し苛《いら》ついたような感情が覗いている。

「余計なことをペラペラ喋る暇があるなら、こっちを手伝え。今の状況は、間違いなくあんたにも責任があるんだからな」

ルイが顎でしゃくった先には、黒い渦を後ろに背負ったままの大司教がいる。

今の彼はすでに威厳のある「大司教」の皮を脱ぎ捨てて、すっかり別の何かへと変わり果てていた。

どんよりと虚《うつ》ろな目は空中に向けられて、ぶつぶつと何事かを呟いている。その口から出されているのが人の言葉なのかどうかさえ、聞き取れなかった。

両手を前方に垂らし、べたり、べたりとぎこちなく足を動かして、鏡の間の中をうろついているが、どこに行こうとしているのかは本人も判っていないようだ。何を見ているのか、そもそも思考能力が残っているのかも定かではない。

「あたしのせいだって言いたいの？」

「鏡が割れてなきゃ、ここまで酷《ひど》いことにはなってないんだよ。これまでの長い間、鏡の中に溜《た》め込まれてきた大量の浮遊霊が、解き放たれた途端、今度はあちらに巻き込まれた。もともとあった負の念に引っ張られて、さして害のない霊までが悪霊化している。あの渦は最初はもっと小さかったし、あそこまで真っ黒でもなかったんだ」

言われてみれば、その黒い渦は、どんどん巨大化が進んでいた。

鏡の間の中を漂っていた浮遊霊は、今はもう一体もない。すべてあの中に入り込んでしまったらしい。大司教の様子が急激におかしくなったのも、そこに原因があるのだろう。

渦が巻くたびごうごうと漏れ出てくる小さく唸るような音は、人の声にも聞こえる。

怒り、恨み、苦しみ嘆く、怨嗟《えんさ》の声。

「早いところ祓わないと、暴れ出すぞ」

ルイの表情は厳しさを帯びている。

暴れ出したらどうなる、とは言わなかったが、その顔を見ただけで、楽観できるような事態ではないということは理解できた。

「それって、まずいんじゃない？」

ここに至って、クラーラものんびりしている場合ではないということに気づいたらしい。今さら慌てたように両手で口を押さえる彼女に、ルイが「大いにまずいんだよ」と言い返す。

鏡の中に封じられていた浮遊霊を巻き込んで肥大化した黒い渦は、今や大司教の精神ばかりでなく、肉体をも少しずつ侵食しようとしていた。

ぴったりと張りついた背中から、じわじわと黒い染みのようなものが広がりつつある。本当に闇の生き物が喰らいついているようで、なんとも不気味な眺めだ。

あのまますっぽりと渦の中に呑み込まれてしまったら、彼は一体どうなるのか。

「いやだ、気持ち悪い。生きながらにして悪霊になるなんて、どれだけの罪を犯したらそんなことになるのよ」

「そればかりは同感だね」

ルイが人差し指と中指をぴんと立てて、口元に持っていく。

「地・水・火・風・空、万物を構成する五大の力を借りて、哀れな死霊たちに正しき道を示す」

その指が滑らかに動き、空中に複雑な文字、あるいは図形を描く。速すぎて、リーディアには目で追うこともできない。それがピタリと止まると、ルイは二本の指の先を黒い渦に向けて鋭く突きつけた。

大司教の動きもがくんと止まる。

「――昇天せよ」

その直後。

ドッ、と白い靄にしか見えない浮遊霊たちが一斉に渦から飛び出し、外へと放たれた。

「あらっ、お見事！」

クラーラが感嘆の声を上げて、急いで両手を前に出した。浮遊霊たちはぐんぐん上昇し、鏡の間の天井を抜けて空へと向かっていく。彼女は今度こそ霊が道を逸《そ》れないよう、その手助けをしているらしかった。

ステンドグラスから射《さ》し込む光が、浮遊霊を包むように輝きを増す。

鏡の中に封じられ、そこから出たと思えばすぐに渦に巻き込まれてしまった不運な霊たちは、ようやく行くべきところを見つけたとホッとしたように消えていった。

……しかしその放出は、一向に終わらない。

「ええっ、ねえちょっと、これいつまで続くのよ！」

ずいぶんな数の霊が抜けたはずなのに、黒い渦はまだその形を残している。浮遊霊を渦から引っ張り出して空へと向かわせるという作業は、リーディアには想像もできないほど気力も体力も消耗するものなのか、クラーラは早々に泣き言を口にした。

「くそ……数が多い」

ルイの指先も小さく震え、その顔にはびっしりと脂汗が浮かんでいる。主体となっているのはルイのほうだから、その負担はクラーラとは比べ物にならないほど大きいのだろう。

リーディアは口を結び、両手をぐっと握り合わせた。

ルイが苦戦している。一緒に戦おうと言われた自分は、ただ見ているだけで、何もできないなんて――

「なかなか離れていかない霊もいるんだけど！」

「霊の中には、この陰の気を心地いいと思うやつもいるんだろ。すっかり馴染《なじ》んで、なかなか引き剝がせない。このまま抵抗を続けられたら、俺も保つかどうか……」

「あたしもう無理ぃ！　だって半人前以下の三流だもん！」

「くっそ、子どもの姿をしてなきゃ、殴ってやりてえな！　仮にも除霊師を名乗るなら、最後まで責任もってあの世に送ってやれよ！」

元気に言い争いをしているように見えるが、クラーラは本当に限界が近いようだった。そもそも彼女が借りているのは、コリンナの華奢《きゃしゃ》な肉体だ。足元がよろけ、立っているのも覚束なくなりつつある。

ルイの表情も苦しげに歪んでいた。

もしもクラーラが倒れたら、彼の肩にかかる荷はさらに重量を増すだろう。途中で力尽きてしまったらどうなるのか。また行き場を失くした霊たちは、そしてルイ自身は。

術が撥《は》ね返ってきたら、彼の身に危険が及んだりしないのだろうか。

リーディアの胸の奥底から、強い感情が込み上げる。

——ルイを助けたい。

ローザ・ラーザの地下室でのようなことは、もう二度と経験したくない。ルイを失うかもしれないという、あの時の恐怖が蘇《よみがえ》る。

ただ見ているだけではだめだ。考えて、行動しなければ。今の自分にできること。リーディアのこの小さな手でも、何かを掴むことくらいはできるはず。

そこではっとした。

クラーラに言われた、「不思議な力」。

もしも本当にリーディアに、そんな力があるのなら。

「せ、聖女さま?」

固唾を呑んで見守っていたヴァンダが、びっくりしたように声を上げた。リーディアが片膝をつき、床に散らばっていた鏡の破片の中から、いちばん大きなものを拾い上げたからだ。

「……わたくしのお願いを、聞いていただけますか?」

鏡に映った自分の顔に向かって言葉をかける。その中にいる真剣な表情をしたリーディアは、唇の動きを止めた後、黙ってこちらを見返してから、ふっと小さく微笑《ほほえ》んだ。

本物のリーディアは、ぴくりとも笑っていないのに。

『おまえは何を願うのだ?』

鏡の中のリーディアは、リーディアの顔、リーディアの声で、そう問いかけた。

「あなたの力を貸していただきたいのです。あの渦に巻き込まれた霊たちを、助けてあげていただけませんか？」

『助けるだと？　あの者たちは、自ら好んであの場所にへばりついているようだが』

リーディアの顔をしているが、その青色の目は傲岸で、尊大で、醒《さ》めきっていた。微笑をかたどる唇は、どう見ても嘲りを含んでいる。

「もう肉体も持たない亡者の魂が、このまま現世に残って何になりましょう？　ルイさまは祓い屋として、せめて彼らを安らかな気持ちで旅立たせてさしあげようとしています。どうか力を貸してくださいませんか」

『おまえの言うことはただの綺麗事《きれいごと》だぞ、娘』

「綺麗も汚いもございません。生者は地にあり、死者は空へと還《かえ》る、それがあるべき形だと思っているだけです」

『……ふん』

鏡の中のリーディアは、どこか忌々しそうに眉を寄せた。本当のリーディアよりも、こちらのほうがよほど表情豊かだという気がしたが、ルイはきっとイヤがるだろうなと思った。

『奇妙な娘だ。無知なくせに深淵《しんえん》を知っているようなその目。透徹として、濁りがない。なぜか抗《あらが》えぬ。魂の位が高いのか……こちらまで浄《きよ》められてしまいそうで、おっかなくてかなわん』

ぶつぶつと呟いて、うんざりしたようなため息をつく。

『しかし我はこのとおり、残骸になってしまっているからな、元のようにはいかないぞ。力が足りぬのだ』

「力、ですか？」

『今まではそこらにいる霊を取り込んで、自らの力にしていたのだがな。それもすべて逃がしてしまった今、さて、あの中心にある悪しき魂に対抗できるほどのものが残っているかどうか』

「力……」

リーディアは頭を振り絞って考えた。

現在の鏡にそれが残っていないということは、新たに補充できる何かがあればいいということだ。かといって、クラーラのように魂を喰わせるというわけにもいかない。

その時、不意に、フードで顔をすっぽり隠した行商人のことを思い出した。

「……では、この髪はいかがですか？」

自分の銀髪を一房摘《つ》まんで提案すると、鏡の中のリーディアは意外そうに目を見開いた。

『髪？　おまえの？』

「あなたの力にはなりませんでしょうか」

その言葉に、考えるような顔になる。

『そうだな……髪というのはそもそも、念や霊力が宿りやすいからな。その透き通るような魂で人ならざるものを味方につけてしまうおまえの髪であれば、さぞかし大きな力がありそうだ。……しかし、いいのか？』

「ええ」

こくんと頷くと、鏡の中のリーディアがにやりと口角を上げた。自分はこんな顔もできるのか、と少々複雑な気分になるほど、狡猾《こうかつ》な笑顔だった。ルイにも見せてあげたいので、今度、練習してみよう。

近くに落ちていた小さな破片を手に取り、髪に当てる。こちらに視線を向けたルイが、ぎょっとしたように口を開けた。

「リーディア、何してる!?　やめろ！」

「このくらいでしょうか？」

『いや、多い多い。そんなにザックリ切ったら、我があの男に木《こ》っ端微塵《ぱみじん》になるまで踏みにじられそうだ』

気前よく握った髪の量に、鏡の中のリーディアが慌てて止めた。

「てめっ……リーディアに何をさせるつもりだ!?　覚えとけよ、後で形も残らないほど完全に粉砕してやるからな！」

ルイが眉を吊り上げ、怒気も露《あら》わに叫んでいる。ほらー、というように、鏡のリーディアがそちらに目を向けた。

『あれは相当に粘着質だぞ。怒らせたら最も厄介なタイプだ』

「まあ、あんなにブンブン尻尾を振って……可愛らしい」

『おまえもかなり変だな』

ルイの尻尾を見て気をよくしたリーディアは、その勢いのままサッと手を動かして、耳の下くらいから髪の毛を一束、ためらうことなく破片で切り取った。

「リーディア！」

「ちょちょちょ、今、術を解いちゃダメよ！　逆流しちゃう！」

咄嗟にこちらに駆けつけてこようとしたルイは、クラーラの悲鳴じみた声で、なんとかその場に踏みとどまった。しかし凄《すさ》まじい顔で睨みつけているのは変わらない。鏡のリーディアが、『あの男のほうが、悪霊よりもよほどヤバそうだ』とぼそぼそ呟いた。

「では、これを」

切り取った髪を鏡面に垂らすと、まるで水の中に沈んでいくように、するすると吸収されていった。なんとも奇妙な光景だ。

最後まで髪を呑み込んで、鏡がパアッと光り輝く。

『おお……これはすごいな』

鏡の中のリーディアもまた、白く発光していた。驚いたように自分を見下ろして、満足そうに笑う。

『力が満ちてくる……娘、我を持て。掲げてあの悪霊に向けよ』

「はい」

リーディアはすっくと立ち上がった。

鏡を両手で抱くようにして持ち上げ、大司教のほうに向け、高く掲げる。

『祓い屋の小僧、娘の頼みにより、この我が手助けしてやるぞ、ありがたく思え！　そやつをこちらに送れ、我が悪霊ごとすべて喰らってやろう！』

「え、あの鏡、喋れるんだ」

「なんでてめえの命令を聞かなきゃ……ああ、くそっ、リーディアの髪を犠牲にした分、きっちり働けよ！　リーディアに傷の一つでもついたら、承知しないからな！」

クラーラが呆気《あっけ》にとられたように呟くのと、ルイが腹立たしそうに舌打ちしたのはほぼ同時だった。

どちらにしろ、もうギリギリだったのだろう。ルイの顔からは汗が止めどなく流れ落ち、圧をこらえられなくなってきたのか、片足がじりじりと後退し始めている。

大司教の身体はもう半分くらいが黒く染まり、ガクガクと小刻みに揺れていた。目からは涙、口からは涎《よだれ》が垂れ、白目を剝《む》いて意識を失っているようだ。

最後の力を振り絞って、ルイが二本の指を突きつけ、声を張る。

「――悪しきものに染まった霊たちよ、これより強制排除に移る！　安寧が欲しくば妄執を捨て去れ、さもなくば永劫《えいごう》の闇に包まれるぞ！」

その指が思いきり空を切って、鏡の方向に向いた。

ぐるぐると巻いていた渦の動きが止まった。呻き声のような音も聞こえなくなる。小さく振動していたかと思うと、まるで強い力に引っ張られるように、ぞぞと渦が解けて長く伸びた。

その時点で離れていく霊もある。だが、大半は黒く固まったまま、じわりと鏡の方向へ移動を始めた。

『来るぞ、娘！　足を踏ん張れ！』

「はい！」

リーディアが両足に力を入れる。

抗うようにもぞもぞ動いていた黒い塊は、最初はゆっくりと、次第に速度を増して、こちらに向かってきた。

まるで黒い虫の大群が一斉に飛来してくるようだ。ぐんぐん勢いがついて、鏡目がけて押し寄せる。

まっすぐ突き進んでくる。

そのまま飛び込むように、ザザザッと音を立て、悪霊は鏡の中へと吸い込まれた。

どしっとした重みがかかり、リーディアは歯を食いしばって、鏡を掲げたまま持ちこたえた。

「う……」

ブルブルと手足が震えたが、鏡は離さない。崩れそうになる膝を叱咤《しった》して、その場に踏みとどまった。

最後に、ドン！　と大きな音がして、黒い塊はすべて鏡の中へと納まった。

強い反動が来て、リーディアの身体は後ろに倒れ込んでしまう。

鏡の間に、しんとした静寂が戻ってきた。

「リーディア！」

すっ飛んできたルイが、真っ青な顔で抱き起こしてくれる。持っていた鏡の破片をもぎ取って放ると、リーディアをかき抱き、自分の胸に押しつけた。

「無事？　なんともない？」

「は、はい……」

ふーっと大きな息を吐き出し、リーディアはルイにしがみついた。今になって心臓がどくんどくんと大暴れし始める。まだ震えの止まらない両手を、ルイが包むようにして握った。

中途半端なところで切られた髪を見て、悲しげに眉を下げる。

「わたくし、少しはルイさまのお役に立てましたでしょうか……？」

「少しどころじゃないよ。リーディアがいなかったら、悪霊の暴走を止めきれなかった。君がこの地の未来を救ったんだ」

「……よかった」

リーディアはふわりと微笑んだ。

リーディアはリーディアのできることをした。この細い腕、弱い力でも、頑丈な窓を打ち破ることだってできたし、人を助けることもできた。

ルイと結婚しても不安がつきまとっていたのは、不完全な自分に自信が持てなかったからだ。

けれども、今回のことで少しだけ、自分の足でちゃんと立てたような気がする。

——よかった。本当に。

「聖女さま、ありがとうございます」

ヴァンダが涙ぐんで傍らにしゃがみ込み、鼻を啜《すす》って礼を言った。その隣で、神妙な顔をしたディルクも頭を下げる。

「……大司教さまは」

どうなったのかと首を動かしてみたら、彼は両手両足を伸ばし、ぱったりと床に倒れ伏していた。もうその身体のどこも黒くなってはおらず、背中にあった黒い渦は影も形もない。

「確認しましたが、息はしております。気絶しているだけのようで」

ディルクの説明に、リーディアは安堵の息をこぼした。

「これで一件落着ね！」

とことこ歩いてきたコリンナの姿をしたクラーラが、輝くような笑顔で宣言する。誰もそれに異を唱えることはしなかった。

「ねえ、この際、ついでにあたしのことも空に送ってよ」

けろりとした声で頼まれて、ルイが「ああ、そうか……」と呟く。そういえばもう一体霊が残っていた、と思い出すような顔をした。

リーディアは目を瞬いた。

「クラーラさま、行ってしまわれるのですか？」

「だあって、あたしの肉体はもう二百年前になくなってるわけだし。いつまでもコリンナの中に居座るわけにもいかないじゃない？　今でさえ結構な負担をかけちゃってるから、あんまり遅くなるとこの子の目が覚めなくなっちゃう」

「そ、そうなのですか？」

リーディアがルイに目をやると、黙って頷かれた。

ヴァンダはまた違う意味で焦ったようだ。

「え……あの、そ、そうしましたら、この領は聖クラーラのご加護を失う、ということですか？　では、ここはどうなってしまうのでしょう」

「やっだー、だから言ってるじゃない、あたしはただの除霊師だって！　なんでまた聖女扱いなんてされるようになったのかしら、照れるわあ！」

きゃははと明るく笑いながら、コリンナの小さな手がヴァンダの背中をぺちんぺちんと叩く。

ヴァンダはもう反論する気力も失せたのか、諦めたように口を噤んだ。

「あたしは加護なんて何に対しても与えていないし、この鏡だって同様よ。この土地が今まで平和を保てていたのだとしたら、それはあなたを含めた、生きている人たちの力によるものじゃないかしら？　神や宗教は、苦しい時の心の支えにはなるだろうけど、寄りかかりすぎたら諸共《もろとも》倒れてしまう危険もあるから、気をつけなきゃダメよ！」

ルイは、へえ、と見直すような顔になった。

「あんた、はじめていいこと言ったね」

はじめて、という部分は聞き流し、クラーラがえへんと胸を張る。

「そりゃあ、二百年もの間、鏡の中にいたんだものね！　リーディアちゃんって言ったかしら？あなたも、あんまりクヨクヨ考えないようにしなさいね！　この世界はわりと、なるようにしかならないもんよ！　あら困ったわと思っても、なんとなく流れに身を任せていたら、そのうち時間が解決することだってあるんだから、ねっ！」

「はい、承知いたしました」

「やめて、俺の可愛いリーディアに、あんたの大雑把でガサツな人生理念を吹き込まないで」

ルイは渋い顔つきで文句を言ってから、リーディアの手をそっと離した。やれやれといった調子で、首を廻しながら立ち上がる。

「言っておくけど、俺はタダ働きはしないよ」

「んまっ、がめつい男！　さっき協力した仲じゃない」

「どっちかというと邪魔だった」

「失礼ね！　そんなこと言ったって、あたしお金なんて持ってないわよ！」

「金じゃない」

素っ気なく返して身を屈め、手を伸ばす。

ルイが取り上げたのは、さっき粗雑に放り投げた鏡の破片だった。

「……これはあんたの所有物だろ？　報酬に貰《もら》うことにするよ」

その言葉に、クラーラは「あら」と短く声を上げた。

「それでいいの？」

「割れたとはいえ、ここまで強力な呪具はなかなか手に入らないからね。カラの国に持ち帰って、今後の参考にさせてもらう」

リーディアの髪が入ったものを他のやつの手に渡すわけにはいかないし……と続けて呟かれた言葉に、クラーラは「うわ……」と顔を引き攣《つ》らせた。

「どう加工してやろうかな。これからはせいぜいこき使ってやるさ」

鏡を覗き込んでルイが言うと、中からぼそぼそと不満げな声がした。

鏡の中のルイはどんな顔をしているのか少し興味があるが、おそらく本物のような怖い笑みは浮かべていないだろう。

「――さて、心の準備はいいかい？」

コリンナの小さな頭に、ルイが手を置いた。少女の中にいるクラーラが「ええ」と答えて、にっこり笑う。

「じゃあね！　あんたたちは、ちゃんと長生きして、幸せになるのよお！」

最後に聖女らしい祝福の言葉を残して、きらきらした輝きとともに、一つの魂が空へと還っていった。

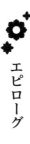

エピローグ

その後、半日くらいしてから、コリンナが目覚めた。

クラーラの魂に憑依《ひょうい》されていたことはまったく覚えていなかったが、起きてからのコリンナは、以前よりもずっと滑らかに動くことができるようになっていて、クラーラほど饒舌《じょうぜつ》ではないが話すことにもあまり困難を感じなくなっていた。

盗賊団に襲われた時の後遺症というより、精神的なものが大きかったということなので、中に入ったクラーラが自在にその身体《からだ》を動かしたことが、なんらかの影響を及ぼしたのだろう。本人も周囲も驚いていたが、他の子どもたちと同じことができるようになったのを、なにより喜んでいるようだった。

それから大司教も目を覚ましたが、そちらのほうは逆に、何もできなくなっていた。話すことも考えることもできない。日がな一日、虚空を眺めてボンヤリしている。飲んだり食べたりはするものの、それ以外のことはやり方を忘れてしまったようだった。

普通の人は白いという背中の羽根は、すっかり黒くなっていたそうだ。

――悪霊に魂の穢《けが》れた部分を喰《く》われたんだろうね、とルイはその状況を指してそう言った。

ヴァンダをはじめとした修道士と修道女は、複雑な気持ちはあるようだが、すっかり赤ん坊のようになってしまった大司教をせっせと交代で世話している。

こちらを見返す目はどこまでも邪念がなく無垢《むく》で、悪いところがすべて抜け落ち、善の部分だけが残ったように見えるのだという。

「……きっと、この領に赴任していらした当初は、このように澄んだ眼差《まなざ》しをした方だったのだと思います。ここを良くしよう、領民を幸せにしよう、と期待と希望で胸をいっぱいにされていたことでしょう」

それがいつの間にか、人々からの称賛を浴びることだけが目的になり、手段を選ばないようになってしまった。いつから歯車が狂うようになったのか、止めることはできなかったのか——とヴァンダは涙を拭った。

「ちょっとしたことで、人間なんてものは進む方向を見誤るものだよ。間違えたと気づいたら、そこで立ち止まってまた引き返せばいいんだけどね。たぶんそれは、とても簡単なようで、すごく難しいんじゃないかな」

ヴァンダは何度も頷《うなず》いて、ルイのその言葉を噛《か》みしめていた。


仕事を終わらせたら、もうリーディアとルイがこの地にいる必要もない。

修道院内がまだ寝静まっている薄暗い早朝、大聖堂の鏡の間から、二人はカラの国へ帰ることにした。

ルイが新たに床に描いた帰還の陣の周りには、ヴァンダ、ディルク、そしてコリンナの姿もある。

まだ眠いのか、コリンナはごしごしと目をこすっていた。

「俺たちの姿が見えなくなったら、この陣は消しておいてね」

「承知した、必ず」

ルイの頼みを、ディルクはしっかりと請け負った。

「聖女さま、どうぞお元気で――私、聖女さまのこと、これからもずっと忘れません」

「あの、ヴァンダさん、それなのですが」

リーディアは最後に、告白と懺悔《ざんげ》をすることにした。

「……実はわたくしも、クラーラさま同様、聖女ではないのです。今まで騙《だま》していて申し訳ありません」

重大な事実を打ち明けたつもりだったのだが、ヴァンダが衝撃を受けた様子はない。

きょとんとした後で、ぷっと噴き出した。

「まあ――そ、そうですよね。私も途中から、そんなことすっかり忘れて……」

肩を震わせて、顔を俯《うつむ》かせる。

再び上げた時、その顔には明るい笑みだけが残っていた。

「ええ、あなたさまが聖女であろうとなかろうと、そんなことはもうどうだっていいのです。私にとって大事な方であることには違いないのですもの。では――リーディアさま、どうぞお気をつけてお帰りになってくださいまし」

そう言われて、リーディアも顔を綻ばせた。差し出された手をぎゅっと握り、二人で力強い握手を交わす。

「……で、報酬は本当にそれでいいのか？」

ディルクの視線は、ルイが手にした大きな袋に向けられている。

袋の口を開けて中身を確認させてもらうと、ふわっと甘い匂いが広がった。

「もちろん、いいよ。確かに受け取った」

「数は多いが、ただのロロニカのパイだぞ？　そんなもので？」

「だってリーディアの好物だからね」

澄ました顔で言うルイに、リーディアがふふっと笑う。自分の夫は、ロロニカよりもよっぽど甘いのだ。

「カラの国に帰ったら、皆でいただきましょう」

「フキたちも待ちかねてるだろうからね」

きっと今も心配しているだろう。早く安心させてあげないと。

「聖女さま、もうここにはいらっしゃらないの？」

眠そうな顔のコリンナが、まだ少したどたどしい口調で訊《たず》ねて、リーディアを見上げた。軽く屈《かが》んで手を伸ばし、優しくその頭を撫《な》でる。

「そうですね……また来るのは、少し難しいかもしれません。でも、わたくしはこれからも、コリンナさんたちのことを忘れたりはいたしません」

「うん……あたしも、あたしもね、聖女さまのこと、忘れたりしないよ。寂しくなったら、貰《もら》ったあの石を見て、聖女さまのこと思い出すよ」

「はい。あの石は、きっとコリンナさんに幸運を運んでくれますよ」

石の持ち主に幸運を分け与え、願いを叶《かな》える手助けをするという石。

コリンナの願いは叶ったのだろうか。

「わたくしもカラの国から、願っておりますね。コリンナさんが、自分自身の望む未来を選び取れますように」

「うん！」

リーディアが笑いかけると、コリンナも嬉《うれ》しそうに笑った。

「わ、私も、頑張って自分で見つけますから！　どうしたらより良い未来を掴《つか》めるか、コリンナに負けないように」

ヴァンダが急いで言葉を挟む。

「今度はちゃんと、自分の頭で考えて、答えを探します！」

ディルクも頷いて、彼女の背中に手を添えた。

「これからまた、新しい領主が派遣されてくるでしょう。それが大司教の役職を持った人物なのかは判《わか》りませんが、我々は今度こそ新たな領主の下で、自分が正しいと思う方向を目指して進んでいくつもりです。シリンはすべて廃棄することになりますし、厳しい現実が待ち構えているに違いありませんが、それでも皆で力を合わせて、間違えたらまたやり直し、少しずつやっていきたいと思います」

その言葉に、リーディアもまた静かに頷いた。

大変なことは多くあるだろうが、ヴァンダとディルクはそれを受け入れた上で、なんとか前へ進もうとしている。もう自分たちには、願う以外にできることはない。

ルイは深い息を吐いた。

「まあ、頑張りな。でも今後何があっても、二度と『聖女』を呼ぼうとするなよ。あんたの執念深い祈りのせいで、リーディアまで巻き込まれる羽目になったんだからな。本当に迷惑極まりなかった」

ぶちぶちと不平を言われ、ディルクが申し訳なさそうに小さくなる。

リーディアはくるりとルイを振り返り、にこっと笑った。

「そういえば、ルイさま」

「うん?」

「ルイさまは、はじめから、事の真相が判っていらっしゃったのですよね?」

「え」

まさかこんな時に突っ込まれるとは思っていなかったのか、ルイはうろたえた。

「クララさまにおっしゃっていましたでしょう？　『あの渦は最初はもっと小さかったし、あそこまで真っ黒でもなかった』と。ということは、ここに来た時から、ルイさまにはあれが見えていたということなのですよね？」

「あー……」

ルイは気まずげに視線を彷徨《さまよ》わせてから、観念したようにがっくりとうな垂れた。

「はい……」

「それを早く教えていただけていたら、あそこまでややこしいことにはなっていなかった、と思われませんか？　沈黙は決して美徳ばかりではない、とおっしゃったのは、ルイさまご自身でしたのに」

「…………」

無言になったルイを見て、

「ぐうの音も出ない、とはこのことね」

「俺とは正反対のタイプで、器用に口が廻《まわ》るところがいちいち癪《しゃく》に障ると思っていたが、今、はじめて親近感が湧いた」

ヴァンダとディルクがひそひそ囁《ささや》き合っている。

「あのさ……」

ルイが頭を掻《か》いて、言いにくそうにもごもごと弁解を始めた。

「俺はリーディアに、綺麗《きれい》なものだけ見ていてほしいんだよね……いや、そりゃ、生きていくうちにそんなこと言っていられなくなるだろうとは思うけど、今はまだ……リーディアはようやく、外の世界に触れ始めたところなんだから」

「ルイさま」

リーディアは穏やかに彼の言葉を遮った。

「わたくし、ローザ・ラーザでは、一つのことしか教わっておりませんでした。ご存じですよね？」

死ぬことが、自分にとっての幸福。

ただそれだけを、十七年もの間、言い聞かされ続けてきた。

「うん……」

「わたくしも、ずっとそう信じておりました。だって、それしか知らなかったのですもの。人にも物事にもいろいろな側面があるのに、そのうちの一つしか知らないというのは、とても危険なことのように思います。今のわたくしに最も必要なのは、複数の選択肢の中から何を摑むのか、それを決めるための判断の基準なのではありませんか？　そのためには、まず多くのものを見て、知らなければならないと思うのですけど」

「まったくもって、そのとおりです……」

返す言葉もない、というようにルイが肯《うべな》った。

よほど反省しているのか、しゅんと眉が下がっている。尻尾までもがションボリ垂れ下がって、
リーディアは噴き出してしまった。

責めるつもりはないのだ。ただ、リーディアの覚悟を、彼にも知っていてほしかっただけ。

これからも彼の隣にいるために。

ルイの手をするりと取って、微笑《ほほえ》みかけた。

「では、カラの国へ帰りましょう」

二人で陣の上に乗る。

――さあ、帰ろう。

愛する人を育んだ地へ。リーディアの新しい故郷へ。大事な人々が待ってくれているところへ。

まだまだお互い失敗もあるけれど、夫婦になった二人がこの先も生きていく、あの場所へ。

「ヴァンダさん、ディルクさん、コリンナさん、どうかお元気で」

「リーディアさまも！　私、いつも祈っておりますから！」

「ええ。あなた方の未来に、幸いがあるように」

「お二人も、ご自分に素直になってくださいね。男女間の恋や愛を神さまがお許しにならなくても、
他に許してくださる人は多くいるはずですもの。わたくしは、お二人はとてもお似合いの恋人か、
ご夫婦になられると思います」

ヴァンダとディルクが揃《そろ》って赤くなった。

「聖女さま、ありがとう！」

コリンナは一生懸命手を振ってくれている。

「――次元の道を開き、カラの国へと繋《つな》げ。依頼を果たし、今、帰還する」

ルイの命令に従い、陣が闇の手を伸ばして、リーディアたちを包み込んだ。

ヴァンダ、ディルク、コリンナの姿が徐々に薄くなっていく。さようなら、という声が遠ざかる。

目の前の景色が暗闇に覆われ、消えていく――

短い旅と冒険の終わりだ。

リーディアとルイはしっかり手を握り合った。


闇を抜けると、数人の人々の姿が見えた。

レンとメイベル、他の祓《はら》い屋たちと、フキを先頭に子どもらもいるようだ。きっと、地上に陣が現れたことに気づいて、急いで集まってくれたのだろう。全員が今か今かと息を詰めるようにして、こちらを見守っているらしかった。

「ただいま帰りました！」

リーディアは笑顔で言って、ルイとともに足を前に踏み出した。

OVERLAP NOVELS f

生贄姫の幸福 2
～孤独な贄の少女は、魔物の王の花嫁となる～

発行　2024年5月25日　初版第一刷発行

著者　雨咲はな

イラスト　榊 空也

発行者　永田勝治

発行所　株式会社オーバーラップ
〒141-0031
東京都品川区西五反田8-1-5

校正・DTP　株式会社鷗来堂

印刷・製本　大日本印刷株式会社

ISBN 978-4-8240-0832-9 C0093

【オーバーラップ　カスタマーサポート】
電話　03-6219-0850
受付時間　10時～18時（土日祝日をのぞく）

作品のご感想、ファンレターをお待ちしています

あて先：〒141-0031　東京都品川区西五反田8-1-5 五反田光和ビル4階　ライトノベル編集部
「雨咲はな」先生係／「榊 空也」先生係